意地悪な母と姉に売られた私。何故か若頭に溺愛されてます 2

美月りん

富士見L文庫

contents

序章　黒い影

この街を見下ろすかのようにそびえる高層マンション。

その最上階に、いま龍桜会《りゅうおうかい》を実質トップで仕切る若頭、龍咲美桜《りゅうざきみおう》の自宅兼オフィスはある。

「うん。美しい数字だ。出来の悪い幹部を一掃した甲斐《かい》があったよ」

龍桜会が経営するクラブや飲食店の名がずらりと並んだ帳簿を、ゆっくりとした動作でぱらぱらとめくりながら、美桜はその薄い唇を引き上げた。

コンコン――と、ドアが小さくノックされる。

「頭、客人がお見えです」

と、舎弟頭の鯉塚清史《こいづかきよふみ》の声が聞こえて、美桜は顔を上げた。

「どうぞ、入ってよ」

そう答えると、ゆっくりドアが開き、大理石の床にコツンと上等な革靴の足音が響いた。

「失礼いたします」

聞き取りやすく、よく通る声で客人が言う。しかし間接照明だけの部屋は薄暗く、窓の外に輝く夜景の光を頼りにしても、その顔はまだよく見えなかった。

美桜は「フフッ」と小さく笑い、ハーフアップに結んだ絹糸のような金色の髪を、ゆったりとした動作ではらう。そして――。

「ようこそ、龍桜会へ」

と、ことさら大げさな口調で言った。

しかし客人の若い男は、部屋の中には足を踏み入れず、深々と辞儀をする。対する美桜は、デスクから立ち上がることもなく、足を組んで頬杖《ほおづえ》をついたままだ。

（いいね。分をわきまえている）

相手が頭を下げているのをいいことに、美桜はその美しい顔をニヤリと歪《ゆが》めた。

――当然だ。

この街の東一帯を掌握している龍桜会と、落ちぶれたこの男の組織とでは、格が違う。

「かけてよ。今、飲み物を持ってくるから」

まるで友人に話しかけるような気安さで美桜が言うと、男は「ありがとうございます」

と、しっかりした声で答えた。

清史が下がり、男が応接椅子に腰掛ける。それを見届けてから、美桜は優雅に立ち上がり向かいへと座った。

あらためて、男の顔をじっと見る。

年齢は二十四歳。背はあまり高くないが、爽やかな印象の美しい若者だ。瞳は薄茶色で、さらりと横分けに流した髪は、それと同じ色をしている。

ともすれば頼りない印象になりがちの、少し垂れた目の童顔であるが、しかし、さすがは生粋の極道である。その瞳の奥には隠しきれない殺気が、まるで野生の肉食獣のようにぎらりと光っていた。

しばらくして片手で銀の盆を持った清史が、カチャリとアンティークのティーカップを置いた。琥珀《こはく》色の液体が揺れ、部屋にベルガモットの香りが漂う。

「大切な交渉ごとは酒抜きでやりたくてね」

美桜がカップを手に取り、小さく微笑《ほほえ》んで言うと、男は首を傾けて同じ種類の笑みを浮かべた。

「はい、僕もあまり酒は飲みませんので」

「へえ、珍しいね。この世界は、色と酒を好む野蛮人ばかりだから」

「ええ、そうですね」

今度はにっこりと笑いながら、男もカップを手に取り口にした。

それからはしばらく、とりとめのない世間話をしたが、男の紅茶は少しも減っていない。彼はごく自然な笑顔のまま、飲んだふりをしているのだ。

(フフッ、素晴らしい警戒心だ。うん、やっぱり悪くない)

美桜は密《ひそ》かに頷《うなず》いた。

ヤクザらしからぬ爽やかな見た目、話術に長《た》けているが決して喋《しゃべ》り過ぎることもなく、言動に知性もある。

もっとも、彼のことはすでに調査済みだ。今日ここに呼んだのは、それを確かめるための、いわば面接のようなもの。

期待どおりの駒になりそうだと、美桜は満足げな笑みを浮かべた。

「それじゃあ、本題に入ろうか。実は、君に頼みたいことがあってね」

そう言って一枚の写真を差し出し、依頼の話をし始める。

男は美桜が語る内容を、じっと聞いていた。内心では果たしてどう思っているのか、その表情からは読み取れない。

しかし、美桜には確信があった。

(この男は僕の頼みを断れない。何故《なぜ》なら――)

心の中でニヤリと笑いながら、しかし顔にはまるで天女のような微笑を張り付けて、美桜は言った。

「――どう？　やってくれないかな？」

男はうつむき、少し迷ったような素振りをした。

わかっている――というように頷いて、美桜はテーブルに分厚い封筒を置く。

「これは前金だ」

そう言うと、男は躊躇《ちゅうちょ》なく、それを懐に入れた。

「ありがとうございます」

「残りの分は、成果しだいだよ？」

「はい、もちろん。ただ、ひとつだけよろしいでしょうか？」

「は？　なに？」

美桜は短くそう言って、眉根を寄せた。

「やり方は、僕に任せていただけませんでしょうか？　目的の情報を手に入れるための方法ならほかにも――」

「ねェ、あんた自分の立場わかってんの？」

ギロリと彼を睨《にら》んだ美桜の瞳が、わずかに本性を現す。

「……失礼いたしました。出過ぎた発言でした」

「うん、わかればいいんだよ」

男が頭を下げると、美桜は満足そうに頷いた。

「これは契約だ。依頼主は僕。だから君は、僕の言うとおり動いてくれればそれでいいんだ。与える報酬は、それに見合う価値のあるものだろう？」

「……はい。報酬の分、きっちり働かせていただきます」

膝に置かれた両の拳が、少し震えているのを見て、美桜はくすりと笑う。

「それじゃあ期待しているよ。犬飼一家《いぬかいいっか》の若頭、犬飼拓海《たくみ》くん」

はじめて名前を呼ばれた男は静かに頷くと、ここに来たときと同じように深く辞儀をして、部屋を出て行った。

ひとりになった美桜は、つまらなそうな表情をして、残された写真を指で摘まみ上げる。

「本当はすぐにでも消しちゃいたいんだけどさァ」

自分が思い描く理想の未来に、この女は必要ない。

しかしこの計画が成功すれば、彼もきっと目を覚ますはずだ――。

「あんたを玩具《おもちゃ》にしたらおもしろくなりそうだから。フフッ、生かしておいてあげるよ」

美桜はそう言って、写真に写る黒髪の女性に笑いかける。

摩天楼の夜景が、その色素の薄い瞳を妖しく照らしていた。

第一章　若頭の秘密

季節が巡り、春がやってきた。

獅月組《しづきぐみ》の若頭である桐也《とうや》と結婚し、日鷹《ひだか》の姓となった菫《すみれ》は、台所に立って朝食のメニューを考えていた。

(決めた！　今日の朝ごはんは、たまごとハムのサンドイッチ、それとミネストローネにしよう！)

鍋に冷蔵庫から取り出した卵と水を入れ、火にかける。ゆで上がるのを待つあいだに、昨晩の夕飯で残った野菜を刻んで、ホールトマトとコンソメのいい香りが漂う。

コトコトと鍋が鳴り、トマトとコンソメのいい香りが漂う。

隣の卵も、ちょうどゆで上がったようだ。

つるりと剝《む》いた卵を丁寧につぶして、たっぷりのマヨネーズで和《あ》える。それをしゃっきりとしたレタスとハムに重ねて、ふわふわのパンで挟めば完成だ。

「わっ、おいしそう！」

食パンを半分に切ると、彩り鮮やかな断面が現れて、思わず声を上げてしまう。

菫はエプロンのポケットからスマートフォンを取り出して、カシャリと一枚写真を撮った。最近は、作った料理をこうして写真に収めるのが日課になっている。

母と姉に虐げられていた頃、菫にとって料理はただの義務であり、作ったものを味わって食べたり、まして楽しんだりする余裕など、少しもなかった。

しかし桐也と日々を過ごすようになって、それは変わった。

料理は菫の趣味であり、特技だと胸を張って言えるようになり、こうして写真を撮って、楽しめるまでになったのだ。

「ふふっ」

撮影した画面を見て、小さく笑う。カーテン越しに陽の光が、ちょうど柔らかく差し込んでいて、我ながらうまい写真が撮れた。

ぽかぽかとした陽気に満ちた朝は幸せの香りがして、菫の心を自然と弾ませてくれる。

もっとも、菫が幸福感に満ち満ちているのは、春のせいだけではないのだけれど。

(桐也さんと食べる、毎日のごはん)

料理の記録は、桐也と過ごす平穏な日々の記録でもある。画面いっぱいに並んだ色とりどりの写真を見て、つい頬を緩ませていると、背後から声がした。

「何をニヤニヤしているんだ？」

「と、桐也さんっ!?」

いつの間にか起床して着替えを済ませた桐也が、背中越しに抱き締めるようにして菫のスマートフォンを覗《のぞ》き込む。

「料理の写真……？」

「こっ、これはっ、その」

耳元で囁《ささや》かれ、その吐息がくすぐったいやら恥ずかしいやらで、菫は赤くなる。

「作った料理の写真を撮っていたのか？」

菫は頷く。

「うまく作れたら、うれしいので。記録をしているんです。それから、あの、その、お、思い出に……」

「思い出？」

「は、はい。桐也さんとの、毎日のごはんの思い出です」

どう答えたらいいものか少し迷って、そのままを伝える。すると――。

「っ……」

「ひゃっ!?」

ふいに、背後から抱き締められた。

「あっ、あの、桐也さん⁉」

「──かわいすぎだろ」

桐也が小さく何かを言ったが、うなじまで真っ赤になった菫の耳には届かなかった。

「今日の朝飯はなんだ？」

首元に顔を埋《うず》めるようにして、桐也が尋ねる。その髪が、菫の頬に触れた。いつもはワックスで固くセットされている髪も、寝起きはふわりと柔らかく菫をくすぐる。

「っ……」

そして、こんなにも恥ずかしい格好のまま、いたって普通の会話をされていることが、余計に菫の羞恥を煽《あお》った。

「サ、サンドイッチです」

「中身は？」

「た、たまごとハムの……」

「──うまそうだな」

「んっ……」

やっぱり吐息がくすぐったくて、びくりと肩が上がってしまう。すると桐也は、まるでその反応を楽しむかのように、首すじにキスをした。

カタカタと、鍋が鳴る。

「ス、スープができたみたいです！」

「ああ、それじゃあ俺もコーヒーを淹《い》れてくる」

「お、お願いしますっ」

菫は慌てて鍋の前に立ち、おたまを握った。その顔は、ふしゅうと湯気が出そうなほど赤くなっている。

（か、体がもたない……）

桐也との、平穏で幸せな結婚生活。

しかしそれは、こうしてときどき、とっても刺激的で——。

菫はまだまだ、慣れそうにはないのであった。

仕事に行く桐也を見送った菫は、再び台所に立ち、ぴしゃりと両頬を叩《たた》いた。

（こんなことではダメ。若頭の妻として、しっかりしないと！）

最近の菫は、はっきり言って腑抜《ふぬ》けている。しかしそれもこれも、桐也がかっこよすぎるのがいけないのだ。

そして今朝のような、不意打ちのスキンシップ。

毎日あんなことをされ、菫の頭は文字どおり桐也のことでいっぱい。おかげで、ひとりでいるときも、つい彼のことを考え、ぼうっとしてしまう。

(私はもう、桐也さんの妻になったんだから……!)

それはすなわち、極道の妻として「姐御《あねご》」と呼ばれる立場になったということだ。

最近は、組の仕事に直接関わることも多くなった。獅月組は、夜の店や飲食店などを数多く経営している。菫がその現場へ赴くことは滅多にないが、家政婦をしていたときと同様に事務作業や、ときには経理まで請け負っている。

組員たちとも、以前にもまして親密になった。桐也は若頭として、この屋敷《やしき》で多くの若い衆の面倒をみている。菫は彼らから「姐さん」と呼ばれ、日常生活の世話も担当するようになった。

必要な日用品を揃《そろ》えたり、ときには食事の世話をしたり。

シンやゴウ、そして桐也の運転手を務めるマサら組員たちと、文字どおり家族同然の付き合いをすることとなったのである。

(今日は午後から、会合のためにみなさんが戻って来る……昼食は済ませてくると言っていたけれど――)

菫は顔を上げて、時計を見た。会合は午後の二時から。いつもどおり、一時間ほどで終わるとすれば、ちょうどおやつの時間だ。

揃って屈強な体つきで、大食漢の組員たちである。きっとその頃にはお腹《なか》が空いているに違いないと、菫は思った。

菫は「よし」と呟《つぶや》くと、戸棚へ手を伸ばす。

取り出したのはボウルと粉ふるい、それからデジタルスケールだ。

それともうひとつ――。

「ふふっ。かわいい」

いつかのために買っておいた、様々な形の抜き型。必要な食材――バターに薄力粉、卵や砂糖などは、常備してある。

菫は腕まくりをすると、さっそく作業に取り掛かった。

広間にはシンやゴウをはじめ、黒服の男たちが八人集まっていた。

桐也とマサは、別件で不在である。普段から屋敷に出入りしている馴染《なじ》みの組員たちばかりであるが、桐也が不在の状況では、妻の菫がいわば当主のようなもので、少し緊張する。

「失礼いたします」

背筋を伸ばし、障子越しに声を掛けた。「ウス!」という野太い返事を待って、畳の部屋へと入る。

「お茶のおかわりをお持ちしますね」

そう言って、空の急須を盆に載せた。坊主頭のシンが頭を下げる。

「ありがとうございます、姐さん! ちょうどいま、休憩しようと思ってたところっす」

「そうなんですね! それじゃあ、少し待っていてください」

菫は両手を合わせ、嬉々《きき》として机を片付け始める。

そして急須と空の湯呑《ゆの》みを持ち帰り、代わりに盆に載せてきたのは――。

「差し入れのクッキーです。よかったら、召し上がりませんか?」

「ク、ククク、クッキー!?」

シンが驚いたように、目を丸くした。

「はい。お菓子はまだ練習中なので、うまくできているか不安なのですが……」

「し、しかも姐御の手作りっすかぁ!?」

今度はゴウの大声が広間に響き、ほかの組員たちも「うおおおお」と歓声を上げた。

大きな菓子皿の上には、シンプルなバタークッキーをメインに、ココアやストロベリー、抹茶など、色とりどりのクッキーが山盛りになっている。

「こ、これ、俺らが食っちゃっていいんすか⁉」

ゴウが恐る恐るといったように指を差して言う。

「はい、もちろんです！」

菫がにっこりと笑って答えると、野太い歓声が再び部屋に響いた。

「やったぜ！」

「姐御の手作りクッキーだ！」

「いちご味もある！」

まるで子どものように、わっとクッキーに手を伸ばす組員たち。そしてひとくち食べてすぐに、その顔を大きくほころばせた。

「う、うまい！」

「お店で売ってるやつみたいっす！」

「姐御、クッキー屋さんになれるっすよ！」

組員たちの絶賛の声に、菫の表情も思わず緩んでしまう。

（よかった……！）

連日忙しくしている彼らに、してあげられることはないだろうか。

生活費は十分にもらっているし、仕事として賃金も支給されている。だから、食事を用意したり、世話をしたりするのは当たり前のことで、それ以上に何か役に立てることはないだろうかと、菫は毎日考えていたのだ。

「姐さん！　本当にうまいっす！　ありがとうございます！」

シンがそう言ったのを皮切りに、ほかの組員たちも口々に礼を言う。その心からの笑顔を見て、菫の胸はじんわりとあたたかくなった。

「こちらこそ、いつもありがとうございます。おいしいと言っていただけて、すごくうれしいです。そうだ、みなさん紅茶はお好きですか？　せっかくなので、おかわりはクッキーに合う紅茶にしようかと」

「お、お、お紅茶ですか!?」

何故《なぜ》か丁寧に言い直したシンが、あたふたとしている。

「俺、お紅茶なんて上品なもんはよくわからなくって」

「お、俺も……紙パックのミルクティーなら好きなんすけど」

髭面《ひげづら》を掻《か》きながらそう言うゴウの言葉に、若い組員たちも恥ずかしそうに頷《うなず》いた。

「わかりました。それでは、ミルクティーをご用意いたしますね。ミルクとお砂糖はたっぷりで」

菫は、にっこりと笑ってそう答える。

しばらくして、広間に甘いミルクティーの香りがふわりと漂うと、組員たちが再びわっと沸いた。

「甘くていい匂いがして、すっげえうまいっす！　姐さん！」

「ああ、クッキーとの相性もバツグンだぜ！」

「あっ、見て見て！　うさちゃんの形のクッキーだぁ！」

大きな身体《からだ》と無骨な手に、花柄の華奢《きゃしゃ》なティーカップとうさぎの形をしたクッキーを持った男たちが、きゃっきゃとはしゃいでいる光景を見ながら、菫は思わず、ふっと笑ってしまう。

獅月組の面々は、まるでほんとうの家族のように仲がいい。母と姉に虐げられ、家族の愛を知らずに育った菫には、この大家族のように賑《にぎ》やかな雰囲気が新鮮だ。

そして何よりも、獅月組という家族の一員となったようでうれしかった。

（みなさんに喜んでもらえてよかった）

ほっと胸を撫《な》で下《お》ろしながら、菫もご相伴にあずかる。手前味噌《てまえみそ》だが、練習した甲斐《かい》もあり、なかなかの出来栄えだ。

今度はお菓子作りにも凝ってみようか――などと考えていると。

「オラ、どいたどいた～！　天上天下唯我独尊！　獅月組の最強若頭、日鷹桐也様のお帰りだぜ～！」

障子の向こう、廊下の奥からマサの声が響いた。そして、

「おまえそれ毎回言うのやめろ！」

という桐也の声。

「だいたい誰に言ってんだ」

「誰にとかじゃないんすよ！　ヒーローが登場するときにはカッコイイ口上ってのが絶対なんす！」

「難しい言葉使いやがって、意味わかってんのか？」

「言葉ってのは漢字が難しければ難しいほどレベルが高いんすよ！」

「なんのレベルだよ!?」

ふたりの会話がだんだん近づいて、スパンと勢いよく障子が開く。

「たっだいまぁ～っす！　って、なんだよこれぇ!?」

シンやゴウをはじめとする組員たちが、ティーカップを片手に和気あいあいとクッキーを頬張る光景を見て、マサは素っ頓狂な声を上げた。

「おい、おまえら！　兄貴が華麗にお出まししてんのに何ほんわかしてんだっ！」

マサにそう言われ、ようやくハッとした組員たちが、慌てて総立ちする。

「さ、さーせん！　兄貴！」

「……何の騒ぎだ？」

あとからゆっくりと鴨居《かもい》をくぐった桐也が、低い声で尋ねる。一瞬で、空気がぴりりと張り詰めた。

「いや、それがですね。兄貴！　姐さんが、こぉ～んなにかわゆい手作りのうさちゃんクッキーを」

「あ？」

「い、いえ！　差し入れのクッキーをみんなで分けていたところであります！」

しかしうさちゃんの余韻を引きずって頬を緩ませていたシンは、慌てて背筋をピンと伸ばした。

「差し入れ、だ？」

ぎろり、と桐也がクッキーを睨《にら》む。

「は、はい！　連日のお仕事で疲れているみなさんに甘い物を食べていただきたくて、クッキーを焼いたんです！」

組員たちが怒られては申し訳がないと、菫は慌てて説明をした。

「手作り……」

「はい」

「……」

「桐也……さん？」

返事がなく、黙りこくってしまった桐也の顔を覗《のぞ》き見る。

桐也はしばらくするとハッとして、「そうか」とだけ短く言った。

（どうしよう。勝手に差し入れなんかして、私、余計なことをしてしまったのかな……）

桐也の声色が、心なしか冷たい気がして、菫は不安になってしまった。

「あ、あの！　よかったら、桐也さんも召し上がりませんか？」

勘違いであってほしいと思いながら、にっこりと笑顔を作り、うさぎの形をしたクッキーを差し出す。

しかし桐也はそれを受け取るどころか――。

「っ……んな……もん、食えるわけねえだろ！」

と、真っ赤になって怒ってしまった。

「す、すみません！」

菫が頭を下げたのを見て、マサが得意になって言う。

「はっはー！　ザマーミロ！　うさちゃんクッキーだかなんだか知らねえけどな！　兄貴はそんな、おんな子どもが食う甘いもんなんて食わねえんだよっ！」

「そ、そうだったんですね……本当にすみません……」

敬愛を通り越して崇拝している兄貴分の桐也を、菫に奪われたと思っているマサは、相変わらず冷たい態度だ。しかし彼が言うことであれば、それは本当なのだろう。

桐也はハンバーグが大好きで、そのほかにもケチャップのスパゲティやエビフライなど、一般的にいって、子どもっぽいメニューが好物だ。

その理由は、彼も菫と同様家族に恵まれず、子ども時代に食べられなかった料理に憧れがあったから。

あれは、まだ桐也と知り合ったばかりの頃。菫が作ったお子様ランチを、小さな声ながらもはっきりと、そしてはじめて、「うまい」と言ってくれた彼の言葉は、いまでも忘れられない。

だからというわけではないが、甘いおやつのクッキーも喜んでくれるに違いないと、思い込んでしまったのだ。

よくよく考えてみれば、桐也はいつもブラックのコーヒーを飲んでいるし、そのお供に菓子を食べている姿も見たことはない。

菫にとって人生で一番幸せだった日——紫のダイヤがはまった指輪と共にプロポーズをされた朝に作ってくれたフレンチトーストも、そういえば甘さは控えめであった。

(私ったら、また勝手に決め付けて……)

こうなると、いけない。

長年にわたり母と姉に虐げられたことで染みついた、自分に対する否定的な感情で、菫の頭はあっと言う間にいっぱいになってしまった。

「ったく、これだから新参者はわかってねえんだよな。いいか、よく聞け？　兄貴のこの強靭《きょうじん》な体はな！　ステーキとワインでできてんだよ！　もっちろんおやつだって、ステーキとワインなんだ！　クッキーなんてお呼びじゃねえんだよ！」

「そうなんですね……」

「おい！　何バカなこと言ってんだ！」

たまりかねて桐也が叫んだが、うなだれている菫の耳には届かない。

「やーい！　バカだって～！　バーカ、バーカ～！」

「バカはテメーのことだよ！」

「えっ、俺⁉」

桐也とマサのいつものやりとりを見て、組員たちはどっと笑い声を上げる。

しかし菫だけは、浮かない顔のままだった。

そんな一日が終わり、いつものように夕食後のコーヒーを飲んでいるときのこと。

二人はダイニングテーブルに向かい合って座り、そのあいだには、残った差し入れのクッキーを置いてみたのだが、やはり桐也は、それを一枚も手に取ることはなかった。

「桐也さん。今日はすみませんでした……」

「――何の話だ？」

そう言って、桐也はマグカップに口をつける。

「知りませんでした。桐也さん、おやつにはステーキとワインを召し上がるなんて」

「っ……お、おまえ、あれを信じたのか⁉」

コーヒーを吹き出しそうになりながら桐也が慌てたが、菫はいたって真剣だ。

「えっ、違うんですか？」

「あんなのはでたらめだ！　妄想っつーか、あいつ昔から、俺に対する自分の理想を勝手に押し付けてきやがるんだよ」

「そうだったんですね。よかったです……」

菫は、ほっと胸を撫で下ろす。

実は今まで好物だと言っていた料理も、菫に気を遣ったやさしい嘘《うそ》で、本当は毎日ステーキとワインがよかったのだろうかと、菫はそんなことまで思っていた。

「でも、甘いものは食べられないんですよね？」

「そ、それは――」

桐也は言いにくそうに口をつぐんだ。

（やっぱり、それは本当なんだ……）

料理の好みだけで知った気になって、思い込みで行動をしてしまった自分が恥ずかしく、菫はしょんぼりと下を向く。

やさしい桐也は、図星でありながらも菫を慰めようとしてくれたのだろう。

「菫――」

しかし、口を開いたのと同時に、スマホが震える音がした。

「俺だ――何？」

桐也の目が小さく見開かれ、顔色が変わる。

「その話はここではまずい」

声を潜めながら、菫から離れ、寝室へと向かった。話し方の調子から、相手がシンやゴウ、マサなどの、気安い間柄の人間ではないことがわかる。

「例の……手に入ったのか……白いブツが……」

寝室のドアは開けっぱなしで、メモを片手に話す桐也の声が断片的に聞こえ、菫は身を硬くする。

「──悪い。今からちょっと出てくる」

電話を終えて、リビングへと戻ってきた桐也が言った。心なしか、何かに急《せ》き立《た》てられているようにも見える。

「はい、わかりました」

昼夜を問わず数多《あまた》の現場に顔を出している桐也だが、繁華街にネオンが灯《とも》る頃は一番せわしない時間になる。だから、こうした急な呼び出しは珍しくないこと。

しかし、いつもとはどこか違うその様子に、菫は少し不安を覚えた。

（もしかして、何か危険な取引きを……）

さっき漏れ聞こえた、ただならぬ単語を思い出して、背筋がひやりとした。

ジャケットを羽織り、急ぎ足で玄関へと向かう桐也に、思わず声を掛ける。

「桐也さん、あのっ」

「どうした？」

しかし振り返った彼の目を見て、菫は何も言えなくなってしまった。その目は、まるでこれ以上は近づくなと言っているようで――。

(詮索しちゃダメ……黙って桐也さんについていくって決めたんだから。私にできるのは、桐也さんを見守り支えることだけ――)

　菫はぎゅっと手を握り締めたあと、にっこりと笑顔を作る。

「いえ。いってらっしゃいませ。お気をつけて――」

　そして辞儀をすると、いつものように桐也を見送った。

　バタン――と、玄関が閉まる音を聞くたびに、菫は寂しい気持ちになる。今夜はまだ時間も早く、もう少しゆっくりできるだろうと思っていたので、なおさらだった。

(もっと、一緒にいたかったな……)

　桐也との生活があまりにも幸せすぎて、彼がいなくなると、すぐに寂しさが勝ってしまう。

　そうでなくても、ここ最近の桐也は忙しく出ずっぱり。

　彼がいないと成り立たない日常の業務はもちろん、繁華街のシマを見回りに行く回数も増え、それが夜通しかかることもしばしばだった。

　急な呼び出しがなければ、夕食後のコーヒータイムだけはゆっくり過ごせたはずで、だからこそ余計に、がっかりしてしまったのだ。

（洗い物をして、それからお風呂をぴかぴかにしよう）

桐也は、いつ突然に戻ってくるかわからない。帰って来た彼が、疲れた体をゆっくりと休められるように、家中を整えておこうと、そう思った。

「あっ」

リビングに戻り、テーブルの上を片付けようとした菫は、思わず声を漏らした。そこには桐也の使っていたマグカップが置いてあり、まだ湯気の立っている熱いコーヒーが、たっぷりと残されている。

（どうしよう……）

桐也が豆から挽《ひ》いた、こだわりのコーヒーだ。

どんなに忙しくても、これだけは自分で淹《い》れて振る舞ってくれる。そんな彼のコーヒーは、菫にとってやすらぎを与えてくれる特別なものである。

洗い物をするためには、マグカップを空にしてしまわなければならないが、そんな特別なコーヒーを捨ててしまうなど、菫にはとてもできなかった。

（残ったものを飲むなんてはしたないかもしれないけど、いただこう）

菫は桐也の愛用している藍色のマグカップを手に取り、腰掛ける。そしてゆっくりと口をカップに口をつけようとした、そのときだ。心にふと、あることが浮かんだ。

（こ、これって、桐也さんと間接キ……）

咄嗟《とっさ》に、彼の唇の輪郭を思い出してしまい、頬が熱くなる。

（べ、別にそれが目的なわけじゃないから！）

菫は慌てて首を振った。

そう、彼のコーヒーを飲むのは、捨てるのがもったいないから、それだけで――。

と、菫は自分に言い訳をしながら、あたりをきょろきょろと見回す。当たり前だとはわかりながらも、部屋に誰もいないことを確認してから、おっかなびっくり、コーヒーを口に含んだ。

（えっ――？）

こくりと喉を鳴らした菫は、目を見開く。

（この味……）

いったいどういうことなのかと、考えを巡らせるまえに、床に白いカードのようなものが落ちているのに気づいた。

「大変！　忘れ物を……」

菫は立ち上がる。おそらく、さっき桐也が手に持っていたメモだ。遠目に見ると、地図や住所などが書かれていて、きっと大切なものに違いない。

すぐに連絡をしなければと、そのカードを拾い上げた菫は、あっと声を上げた。

(桐也さん、そういうことだったんですね——)

菫は手にしたカードを両手に持つと、抱き締めるようにして、ぎゅっと胸に押し付けた。


それから数日後のこと。

菫は台所に立ち、いつものように桐也の帰りを待っていた。今日は昼ご飯を外で済ませてから、早めに帰宅をするという。夕飯は自宅でとり、そのあともゆっくりできそうだと、連絡があった。

そんなことは久しぶりで、泡だて器を手に生クリームをかき混ぜるリズムも、自然と踊るように弾んでしまう。

しばらくして、部屋中が甘い香りに包まれたころ——桐也が帰宅をした。

「おかえりなさいませ！」

「ああ。ただい——!?」

菫はちょうどできあがったものを銀色のトレーに載せ、笑顔で出迎える。

それを見た桐也は、目を丸くした。

「こ、これは……」

「特製のショートケーキです！　おやつにいかがですか？」

「そ、それは、どういう……」

動揺して、しどろもどろになっている桐也に、菫はやさしく語り掛けた。

「桐也さん。本当は、甘いものがお好きなんですよね？」

「っ……ど、どうして」

「だって桐也さん、砂糖がたっぷり入った甘いコーヒーを飲んでいるでしょう？」

桐也は、ぐっと押し黙ったあと。

「べ、別に──海外ではコーヒーに砂糖を入れて飲むのは普通だからな！」

と言って、菫から目をそらした。

「はい。イタリアでは、エスプレッソにたっぷりの砂糖を入れて飲むのがお約束ですよね。私も、本で読んだことがあります。でも──これは誤魔化せませんよ？」

ふふっと小さく笑いながら、菫はあのときに拾ったカードを取り出す。

「なっ……どこでそれを!?」

そこには丸文字のフォントで『もりのケーキ屋さんのショートケーキ』とあり、かわいらしいクマのイラストが描かれていた。

「桐也さんの忘れ物です。それから、ごめんなさい。電話の声が、少しだけ聞こえてしまったんです。入荷した例の白いブツ……それって、ショートケーキのことだったんですね！」

「ち、ちがっ」

「調べたら、このお店は月に数回だけ入荷する幻のショートケーキを販売するお店でした。購入するのは至難の業で、予約だけで何か月も待ちがあるとか。そんなケーキが手に入ったとわかれば、飛び出してしまうのもうなずけます」

「…………」

菫の言葉を聞いた桐也は、額に手を当ててうつむく。そして、しばらくそうしたあと顔を上げ、意を決したように口を開いた。

「──ああ、その通りだよ！　俺は根っからの甘党だ！　コーヒーは、砂糖なしじゃ飲めねえ。クッキーもケーキも大好きだよ！」

そんなことを、まるで最大の秘密を告白するかのような表情で言う桐也を見て、菫の頬は思わず緩んでしまう。

「やっぱりそうだったんですね。でも、どうしてあんな嘘をついたんですか？　私の作ったクッキーを『こんなもの食えるわけない』って……」

「そ、それは……その……うさ……」

「うさ……？」

桐也の顔が、みるみるうちに赤くなる。そして、ぼそりと言った言葉は——。

「——うさちゃんの形してたから」

「えっ？」

「だから！　んなかわいいうさちゃんの形してたら食えねえって言ったんだよ！」

(うさちゃん)

菫はしばらくきょとんとしてしまう。そして、ようやく言葉の意味を飲み込むと。

「っ……」

思わず、両手で口を覆った。

(桐也さん……かっ、かわいい……)

凛々《りり》しい顔つきの桐也の口から飛び出た「うさちゃん」という言葉の破壊力は抜群である。

しかし、そんなことを口に出したら、きっと怒られてしまうだろう。だから菫は、肩をふるふると震わせながら、愛おしさに身悶《みもだ》えしてしまいそうな感情を一生懸命に抑えた。

「おい！　笑うんじゃねえ！」

「す、すみません！　でも、桐也さんがあまりにも——」

「顔に合わねえって言いたいんだろ！　じ、自分でもわかってるよ！」

「いえ、かわいくて」

「!?」

（あ……）

言ってしまった。

少し慌てて桐也の顔を窺《うかが》い見る。しかしその表情は、まんざらでもないといった風で――。

「ほんっとおまえには敵《かな》わねえよな……」

と、小さな声が聞こえた。「え？」と、聞き返したが、桐也はそれに答えず、ふっと笑って菫の頭を撫《な》でる。

「――コーヒーを好きになったのは親父《おやじ》の影響だった」

「組長さんの？」

「ああ。親父は決まって、ブラックコーヒーを飲んでいてな。十四で拾われた俺の最初の役目が、親父のコーヒーを淹れることだった。味にはうるさい人で、ひとくちめはいつもひやひやしたよ。親父の片腕だった叔父貴に教わりながら、豆の種類や最適な湯の温度なんかを、自分でも一生懸命に勉強した。渋い顔してコーヒーを飲む姿が、たまらなくかっこよくってな――憧れたよ」

当時を思い出すように、桐也は目を細め、遠くを見ながら語る。

「それであるとき、残ったコーヒーをこっそり飲んでみたんだ。そしたら苦くて苦くて」

「ふふっ」

十四歳だったころの桐也も、同じ表情をして顔をしかめていたのだろうか。

そう思ったら、なんだか微笑《ほほえ》ましい気持ちになった。

「それでも、なんとか親父みたいにかっこつけたくてな。考えた結果、砂糖をたっぷり入れてやったんだ。当時の俺には、それでも苦かったが――すっげえうまかった」

そう言って、桐也が小さく笑う。

「以来、甘いコーヒーは俺の好物ってわけだ。思えば、上等なケーキやクッキーをはじめて食わしてくれたのも親父だったな。ガキの頃は、んなもん食ったことなかったから――」

しかし一転し、切ない表情になって言葉を切った。

(やっぱり、私とおんなじだ)

姉と差別されて育った菫は、誕生日にケーキを用意されたことがない。

菓子も、食事代わりに与えられたことはあれど、おやつとして楽しんだり、特別なものとして味わったことは、一度もなかった。

「──悪かったな。余計なことまで、話しちまった」

菫は「いえ」と首を振った。

「大切な思い出を話してくださって、うれしいです」

お子様ランチにあるような、子どもらしい料理を好む桐也。

同じ理由で、甘くかわいらしい菓子を好きだという彼を、子ども時代ごと抱き締めたい気持ちになりながら、言葉を続ける。

「桐也さん。私たちは夫婦なんですから、もう隠し事はなしにしましょう。私、桐也さんのことはなんでも知りたいです。好きな食べ物、好きな色、好きな音楽。全部全部、私に教えてください」

それを聞いた桐也が、ハッと息を呑《の》んだ。

「ったく、おまえは──この俺の心を、いつだって簡単に溶かしちまうな」

「？」

菫の頭に、ぽんとやさしく手が置かれる。

「ショートケーキ食わしてもらうよ。ちょうど、甘いもんが食いたいと思ってたんだ」

「──はいっ！」

菫は満面の笑みで頷《うなず》いた。

「いただきます！」

大きく切ったショートケーキと、それぞれのマグカップを前に、ふたりは手を合わせる。

ふんわりとしたスポンジにフォークを入れる桐也の動きを、菫はどきどきとしながら見守った。

「お味はどうですか……？」

しばらくもぐもぐと口を動かしたあと、満を持したように桐也が言った。

「──すごく、悪くない」

桐也の「悪くない」は、「おいしい」ということだ。それに「すごく」がついている。

「よかったです！」

菫はパッと顔を輝かせ、自分もケーキにフォークを入れた。

「ところでひとつ聞きたいんだが──」

「はい！　なんでしょう？」

「どうして俺のコーヒーが甘いとわかったんだ？」

「んんっ……！」

菫は口に入れたケーキを喉に詰まらせそうになった。

「え、えっと、それは、その」

「もしかして……俺が残したコーヒーを飲んだのか？」

「す、すみません！　はしたない真似《まね》を！」

「はしたない？」

「はい。あの……つい、か、間接キスを……」

ごにょごにょと濁しながらも、馬鹿正直に答えてしまう菫。

真っ赤になってもじもじするその姿を見て、桐也はぷっと吹き出した。

「バカだな、おまえは」

「すみません……」

恥ずかしさのあまり、消え入りそうな声でそう言って、頭を下げる。

だから、桐也が席を立ち、すぐそばまで来ていることには気づかなかった。

「——そんなもん、いつでもしてやるよ」

「……………！」

驚く間もなく、くいと顎を持ち上げられ、唇がふさがれる。

そのとろけるような口づけは、ショートケーキよりも甘かった。

第二章　甘いケーキと苦いやきもち

今日の菫《すみれ》は、いつになく緊張をしていた。

何故《なぜ》ならもうすぐ客人があり、菫は桐也《とうや》の妻としてはじめて、格式ばった挨拶の場に顔を出すことになっているのだ。

（おかしなところ、ないかな……）

姿見に映したのは、桐也が誂《あつら》えてくれた、すみれ柄の着物。

その後ろ姿を確認しながら、菫は帯の形を慎重に整えた。着付けは『clubM』のママである薫子《かおるこ》に教わったが、自分ひとりで着るのは、はじめてなのだ。

「入るぞ」

声が聞こえ返事をすると、すっと障子が開き、スーツ姿の桐也が現れた。スーツの種類には詳しくないが、いつもとは違い、かっちりとした着こなしをしている。

きゅっと締めたえんじ色のネクタイ姿が、なんだか新鮮だ。

（桐也さん、大人っぽい……）

菫が見惚《みと》れていると。

「──どうかしたか？」

桐也に顔を覗《のぞ》き込まれてしまい、ハッとする。

「い、いえ！　なんでもありません」

「そうか」

桐也は短く返事をすると、菫のことをまじまじと見た。

「あ、あの、どこか変でしょうか？」

菫は今日のために、薫子からヘアメイクも教わって、いつもと少しだけ雰囲気を変えている。若頭の妻として、フォーマルな場に出るのにふさわしい格好を意識したのだ。

──この世界はね、舐《な》められてはおしまいよ。だから私たちは、いつだって華やかに着飾るの。男たちが畏れるほど美しい花になれば手折られることはないわ。

着付けを教えながら、薫子がふと口にした言葉。

この言葉は、きっと自分に言っているのだろうと、菫はそう思った。獅月組《しづきぐみ》の若頭として名を馳《は》せる桐也の妻として、彼の横に並ぶには、人並みの身なりでは、きっといけない。

どうすれば自分が美しくなれるのか。

そして、桐也にふさわしい妻になれるのか。

最近の菫は、それぱかりを考えて、ものごとの判断を決めていた。

「口紅」

「えっ」

「いつもと違うんだな」

「あっ、はい。少し、華やかなほうがいいと思いまして新しいものを。薫子さんに、いただいたのですが――あっ」

言い終わらぬうちに、くっと顎を持ち上げられる。そして、親指が、そっと唇に触れた。

(と、桐也さん……!?)

もしかして、褒めてくれるのだろうか。菫は淡い期待にドキドキして、桐也を見上げた。

が、しかし――。

「――すごく赤色だな」

(……え?　色の感想?)

少し気まずい顔をして、菫は体裁を取り繕った。

「あ、は、はい。えっと、ローズピンクという色だそうです」

「なるほど。たしかにピンク寄りの赤色だ」

(やっぱり色の感想だ……)

「それに」

「それに⁉」

「ぴかぴかしている」

（ぴかぴか……）

「え、えっとそれは、グロスというものを塗ったからかもしれません。口紅の上からグロスを重ねると艶が増すと、薫子さんに教えていただきました」

「そうか」

桐也はそう言うと、それきり何も言わなかった。

（私ったら、何を期待していたんだろう……）

いつもとは違う、華やかな装いをしたことで、少し浮かれていたのかもしれない。

正直まだ、自分を着飾ることには抵抗がある。母と姉に容姿を罵られて育ったせいで、自分なんかがいくら身なりを整えても無駄なのではないかと、そう思ってしまうからだ。

幼いころから植え付けられた劣等感のせいで、菫は容姿を客観的に見ることもできない。

だから今日も、努力はしてみたが、本当は不安でいっぱいだったのだ。

それでも桐也が、たった一言でも褒めてくれたのなら、それだけで不安など、あっという間に消え去ってしまっただろう。

(――なんて、贅沢《ぜいたく》だよね)

あらためて、桐也の全身を見る。すらりと背が高く、きりりとした精悍《せいかん》な顔つき。一般人からすると少し派手に見えるスーツも、違和感なく着こなしている。

しかも外見だけではない。中身まで男らしく、思いやりに溢《あふ》れ、数多《あまた》の組員たちからも熱く慕われる、極道の若頭なのだ。

(こんな素敵な桐也さんのお嫁さんになれただけで、私は幸せだよね)

菫はそう思い直し、顔を上げた。

「今日はよろしく頼むな」

「はい」

「俺にとって、大切な――」

桐也は言いかけて、迷ったように言葉を切った。

「大切な……？」

「ああ、どう言っていいものか、少し迷ってな。同じ極道の人間だ。それを友人などという俺は、まだまだ青くさいのかもしれない。だが、俺がこの世界で、もっとも信頼しているやつだよ」

「そうなんですね」

目を細めながらそう語る桐也を見て、菫の頬も思わず緩んでしまう。しかし、そんな大切な相手に失礼のないようにしなければと、すぐに気を引き締めた。

「兄貴！　客人がいらっしゃいました」

ゴウの声が聞こえ、「行くぞ」と桐也が言う。

「はい」

菫は深呼吸をして、背筋を伸ばした。

桐也に伴われて応接部屋に入ると、そこにはスーツ姿の青年が座っていた。

「桐也さん！　ご無沙汰しております」

爽やかなよく通る声でそう言った青年は、軽やかに桐也の前に立つと、ゆっくりと深く腰を折る。

彼が顔を上げるのを待って桐也は、そんな仰々しい挨拶はいらないといわんばかりに、その肩に手を置いた。

「拓海《たくみ》！　元気そうだな」

「ええ、桐也さんもお元気そうでよかったです」

「ああ、おかげさんでな」

答える桐也の表情は綻び、その声はいつになく弾んでいる。気安げな様子で近況を報告しながら、久しぶりの再会を喜び合うふたりを、菫は微笑《ほほえ》ましい気持ちで眺めていた。

自分はいつ挨拶をすればいいだろうと、話が途切れるのを待っていると、まるでそんな菫の様子に気づいたかのように、青年と視線がぶつかった。

「——こちらの方が？」

「ああ、妻の菫だ」

桐也に紹介をされた菫は、丁寧に辞儀をする。

「はじめまして。日鷹《ひだか》菫と申します」

「はじめまして。犬飼一家《いぬかいいっか》の若頭、犬飼拓海です」

「はい。あ、あの、夫がいつもお世話になっております」

公の場でいかにも夫婦らしく振る舞うことは、想像をしていた以上に照れくさかった。緊張もして、言葉に詰まってしまったことを反省して、赤くなる。

しかし一家の若き当主——拓海は、そんなことは何も気にしていないというように、清々《すがすが》しい表情でにこりと笑った。

「いえ、そんな。桐也さんには、僕のほうこそお世話になりっぱなしですから」

そう言って首を傾けた拍子に、薄茶色の横髪がはらりと落ちる。拓海はそれを、ゆっくりとした優雅な仕草で耳にかけながら、ごく自然な口調で言った。

「素敵な奥様ですね」

左耳に光る黒い輪のピアスに気を取られていたら、ふいにそんなことを言われて、菫は面食らう。

「凛《りん》として可憐《かれん》で——桐也さんにぴったりの女性だ。ご結婚、本当におめでとうございます」

「あ、あの、いえ、ありがとうございます……」

まさかそんなふうに褒められるとは思わず、菫は真っ赤になってうろたえてしまった。礼を口にしたあとは、どう話を続けてよいかわからなくなってしまい、菫はつい、すがるように桐也の顔を見る。

「ったく。おまえはいつも調子のいいことを言いやがる」

「ひどいなぁ。僕はいつも本当のことしか言いませんよ？」

「どうだかな」

そう言いながらも、桐也の顔にはまんざらでもない笑みが浮かんでいた。

その気さくなやりとりを見て、ふたりは桐也の言っていたとおりの友人関係なのだろうと、菫は思った。

「まぁ、座れよ。おまえとは、積もる話もあるからな」

桐也に促され、拓海は頷《うなず》くとソファに座った。菫たちも、向かい側に腰掛ける。

「これ、お祝いです」

拓海はそう言って、華やかな鶴の水引で飾られた祝儀袋を差し出した。

「ありがとな」

彼が来訪する目的のひとつが、結婚祝いを渡すためだということは聞いていたので、菫も深く頭を下げた。

「なんか、気を遣わせちまったみたいで悪かったな」

「そんなこと。本当なら、報《しら》せを聞いてすぐに馳せ参《さん》じるところでした。ですが、すみません。ちょっと、バタバタしていたもので」

「――おまえも大変だったな」

桐也がそう言うと、拓海は「いえ」と小さく首を振った。

その会話を聞いて、菫は桐也から事前に伝えられていた、彼の事情を思い返す。

犬飼一家は、この街でもっとも古い極道なのだそうだ。

その歴史は、なんと江戸時代まで遡る。犬飼一家は、権力者たちから命を受け、諜報《ちょうほう》活動や暗殺など、闇の仕事を請け負っていた。

そんな犬飼一家が、歴史の名残である権力者との強いパイプを利用して、現在のシノギにしているのは情報の売買。つまり拓海は情報屋なのだ。

まるでおとぎ話のような世界だと菫が驚くと、桐也もそれに頷いた。

犬飼一家は、その性質から跡を継ぐのも血族のみとし、あえてその規模を小さくして脈々と続いている極道で、その実態は謎に包まれているのだという。

その若頭である拓海が挨拶に来たのは、桐也と菫の結婚祝いのためだけではない。

父であり親分の犬飼詠一郎《えいいちろう》が死去し、拓海が跡目を継ぐことが決まったということで、今日はその報告も兼ねていた。

当主の座に就くということは、桐也よりもずっと年上だろうかと想像していたが、やって来たのは自分と歳《とし》がそう変わらないであろう青年で、菫はそのことにあらためて驚きながら、目の前にいる拓海を見た。

見た目も、端的に言ってしまえば、あまり極道らしくはない。

さらりと流した、派手すぎない茶髪。光沢のあるチャコールグレーのスーツは細身で、それをぴったりと着こなす今時の風貌は、まるでアイドルかモデルのようだ。

「失礼しやす」

ドアが開き、シンがコーヒーを運んできた。客人のために、桐也が淹《い》れておいたものだ。

カップが机に置かれ、菫が会釈をすると、拓海も同じことをした。

「就任式はいつになる？」

コーヒーをひとくち飲んでから、桐也が尋ねる。

「父の喪が明けたら、身内だけで行う予定です」

「そうか。日取りが決まったら知らせてくれ。祝いを送る」

「ありがとうございます」

拓海が、にこりと笑った。

（わ、私も、何か言ったほうがいいのかな……）

そういえば、席についてから一言も言葉を発していないことに気がつき、ひやりとした。

さっき気安い関係だと思った桐也と拓海も、やはりそこは立場のある者同士。雑談をしているようでも、会話の内容によっては端々に緊張が感じられる。

いままで人付き合いをしたことがないどころか、友達すらもいたことがない菫には、こうしたやりとりの緩急についていけず、どうやって会話の糸口を摑《つか》めばよいのかが、わからなかった。

そうなると生来の癖で、自然とうつむいてしまう。手にしたコーヒーカップに、自分の顔が映って揺れた、そのときだ。

「菫さん」

　ふいに名前を呼ばれて、顔を上げる。

「は、はい」

「菫さんは、料理がお得意なんですね」

　菫は驚き、「えっ」と声を上げる。

「得意、かどうかはわかりませんが、料理は好きです。でも、どうしてそれを？」

「桐也さんから聞きました」

「えっ」

　再び、驚く菫。その横で、桐也がコーヒーを吹き出しそうになっていた。

「桐也さんが、わ、私の話を……？」

「ええ。桐也さんとは、時々電話でやりとりをするのですが、そのたびに菫さんの話をしていますよ。料理は特に、ハンバーグが絶品だと」

「そ、そんなことを⁉」

「はい。もう夕飯の時間だからと、話を切り上げられてしまったこともありましたっけ」

　拓海がそう言って肩をすくめると、桐也は「あ、あれはたまたま……」と、しどろもどろになって言い訳をした。

「ですから今日は、噂《うわさ》の菫さんに会うのを楽しみにして来たんです」

「そ、そんな……大したものでは……」

思いがけない話を聞いて、菫は恥ずかしいやらうれしいやら。

真っ赤になって、思わず顔を下に向けると、菫の機嫌を損ねたのだと勘違いをした桐也が焦ったように言った。

「すまない。勝手におまえの話をしてしまって」

「い、いえ！　違うんです！　その、あの……う、うれしくて……」

「うれしい？」

「は、はい。大切なご友人に、私のことをお話ししてくださるだけじゃなく、料理のことまで褒めていただけて、私はなんて幸せものなんだろうって……」

「お、大げさだろ」

「いえ、大げさなんかじゃありません。私、桐也さんと結婚して本当によかった……」

「菫……」

喜びの気持ちが昂《たかぶ》り、つい素直な言葉を口にしてしまう。ふたりがしばらく見つめ合っていると、「あのう……」と遠慮がちな声が割って入った。

「寂しい独身の僕に、あまり見せつけないでもらえませんか？」

菫と桐也はハッとして、お互いに顔をそらす。

「す、すみません……」

恥ずかしさと気まずさから、消え入るような声で謝ると、拓海は「いえ」と笑った。

「お幸せそうで何よりです」

「ま、まぁな」

と、さすがの桐也も恥ずかしそうに頭を掻《か》く。

そのあとも、拓海は桐也の新婚ぶりをからかい、当人はもちろん、それを聞いた菫も、何度か赤面する羽目になった。しかしそのおかげで、顔合わせの会は和やかに進み、あっという間に時が過ぎていった。

重厚感のある青いフェイスの腕時計を、拓海がちらりと見る。

「もう、こんな時間か。そろそろお暇《いとま》いたします。今日は、久しぶりに楽しかったです」

「ああ、俺もだ。結婚祝い、ありがとうな」

拓海と桐也は、小さく笑い合う。

その笑顔は、菫に対して向けられる笑顔とは、また違った種類のものだ。

（ふふっ。私の知らない、桐也さんの顔だ……）

短い時間ではあるが、少し話をしただけでも、彼が桐也の言うとおりの誠実な人物だということは、よくわかった。

（犬飼さん、とてもいいひとだな……）

気さくな拓海は、ともすれば黙りがちになってしまう菫にも気を遣い、何度か話を振ってくれた。

人間関係に不器用な菫が、こうして会話を楽しむことができたのは、そのおかげである。

「今日は本当にありがとうございました」

いろんな感謝の気持ちを込めて、深く腰を折る。ゆっくりと顔を上げたとき、ふと、拓海と目が合った。

髪の色と同じ薄茶色の瞳が、じっと菫を見つめている。

（…………？）

――何か、言いたいことがあるのだろうか。それとも、こちらの言葉を待っている？

どうしたらよいかわからず、彼から目を離せないでいると、拓海が言った。

「菫さん。また、会いましょう」

（また……？）

言い方に違和感を覚えたが、こうしてまた顔を合わせる機会があれば、桐也もきっと喜ぶだろう。そう思った菫は、それ以上深く考えることはなく、「はい」と頷いた。

その返事を聞いて、拓海がふっと笑う。

それはまるで子どものような、屈託のない笑みで。

菫も思わず、釣られて笑顔になったのであった。


「少し、出かけるか」

拓海を見送り、着替えをして軽い昼食を済ませたあとのこと。食べ終わった皿を台所に運びながら、桐也が言った。

「えっ」

洗い物をしていた菫は、思いがけないことを言われて聞き返す。

「今日は一日空けていたんだ。だから、その……久しぶりにふたりで、どうだ？」

「い、行きますっ！」

自分でも驚くほど、大きな声が出てしまう。その拍子に、泡だらけの皿がつるりと滑り、ガシャンと大きな音を立てた。

「ひゃっ」

「大丈夫か⁉」

「だ、大丈夫です。お皿は割れていません」

「そうじゃない。お前の心配だ」

（桐也さん……）

いつだって、真っ先に菫の心配をしてくれる桐也。そんな彼と結婚できたことがあらためてうれしく、胸がほっこりとあたたかくなる。

「交代するぞ」

「えっ、でも」

「準備とか、あるだろう。あとは俺がやっておく」

そう言って、桐也は半ば強引に菫から皿を奪い取った。

「あ、ありがとうございます」

菫は恐縮しながら礼を言って、鏡台のある寝室へと向かった。

（うれしい……）

最近の桐也は忙しく、ふたりきりで出かけるのは久しぶりだ。着物から一度、ラフな部屋着に着替えた菫だが、再びよそ行きの服に着替えるべく、胸を弾ませながらクローゼットを開けた。

「こ、ここは……」

桐也に「どこか行きたいところはあるか」と訊《き》かれたが思いつかず、ならば付き合って欲しいところがあると言われてやって来た場所は、ショッピングモールだった。

そして桐也が、真っ先に向かったのは——。

「ス、スイーツ……天国……」

丸文字で書かれた看板を、菫は思わず読み上げる。

『スイーツ天国』とは、ケーキやアイスクリーム、季節のフルーツなど様々なデザートを、ビュッフェ形式で食べ放題できる人気のスイーツ店だ。

「ひ、ひとりでは……入りづらくてな。だから、その……付き合って、くれるか？」

と、桐也が恥ずかしそうに言った。

(桐也さん、本当に甘いものが好きなんだ)

そんな彼を微笑《ほほえ》ましく思いながら、菫は「もちろんです」と、大きく頷《うなず》く。

店内に入ると、キラキラとまぶしいスイーツが菫たちを出迎えた。

さっき桐也に言われて、気軽な返事をしたが、菫もこの店に入るのは、はじめてである。

ビュッフェスタンドには、ショートケーキにガトーショコラ、モンブランにフルーツタルトと、どれも可愛《かわい》らしい見た目のケーキが、ずらりと並んでいた。

その横には、山盛りのフルーツが置いてあり、色鮮やかなゼリーや、カラフルな綿あめもある。

アイスクリームも色とりどりで、小さな子どもがおっかなびっくりソフトクリームを作る様子が微笑ましい。

まるで絵本の世界にでも迷い込んだみたいだと、席についた菫は、つい辺りをきょろきょろと見回してしまった。

「あっ、あれはなんですか？」

思わず指を差してしまったのは、チョコレートのような液体が噴水のように流れ出ている装置だ。

「ああ、あれはチョコレートファウンテンだな」

「チョコレート……ふぁう……？」

「横に、マシュマロやフルーツが置いてあるだろ？　あれをチョコレートにつけて食べるんだ」

「……！　すごく美味《おい》しそうです！」

「チョコバナナやチョコ苺《いちご》にしたら、絶対美味《うま》いだろうな」

「……!!　そ、それは絶対美味しいやつです！　さすが桐也さんです！」

「ふっ、まぁな」

桐也は得意げに、人差し指で鼻をこすった。そして──。

「──よし、行くぞ」

まるで戦地に赴くかのような顔つきになって、席を立つ。

菫も「はいっ」と頷いて、あとに続いた。

きらびやかなスイーツを前に、散々迷って菫が選んだのは、ショートケーキとガトーショコラ、それからバニラのアイスクリームだ。その隣には、真っ赤な苺を二粒添えた。

「お待たせしてすみませ……っ!?」

一足先に座っていた桐也の皿を見て驚く。そこには、おそらく全種類を制覇しているであろう、ケーキの山があった。

「どうかしたか？」

「いえ！　なんでもありません！」

(桐也さん、本当に甘いものが好きなんだ……)

本日二度目の感想を、心の中であらためて呟《つぶや》く。

皿から溢《あふ》れんばかりのケーキを前に、桐也の目はまるで子どものように輝いていた。

(ふふっ、かわいい)

桐也と一緒になってから、彼のことを「かわいい」と思うのは、もう何度目のことだろう。

「いただきます！」

と、ふたりは一緒に手を合わせる。菫はまず、アイスクリームをすくった。

「んっ……おいしいです！」

「ああ、悪くないな」

桐也はそう言いながら、大きな口を開けてぱくぱくと、あっと言う間にガトーショコラを平らげてしまった。

その食べっぷりに見惚《みと》れていると、菫の背後から歓声が聞こえてハッとした。

「ねぇ。あのスーツの人、かっこよくない⁉」

「本当だ！　ヤバ！　超イケメン！」

「しかもケーキいっぱい食べてる！」

振り返って見ると、この店にぴったりの、ふわふわした可愛らしい女の子が三人、こちらのテーブルを指差していた。

女の子たちは、ケーキが山盛りになった桐也の皿を揃《そろ》ってじっと見たあと「かわいい〜〜」と言って顔を見合わせる。声は潜めているつもりのようだが、興奮しているせいもあって、丸聞こえだ。

「あ、あれって……桐也さんのこと、ですよね？」

様子を窺《うかが》いながら、尋ねる。すると桐也は、はぁと大きくため息をついた。

「またかよ……」

「また、ですか？」

「ああ、いつものことだ。俺がひとりで甘いもん食ってると、なんでかごちゃごちゃ言われちまうんだよな。おまえと一緒なら、大丈夫だと思ったんだが――」

「桐也さんはかっこいいから、どこに行っても注目を浴びてしまうんですね」

「物珍しいだけだろ。どうでもいいが、気が散るんだよなぁ」

桐也はそう愚痴を言いながらも、手を止めることなくケーキを口に放り込んだ。

「俺はそんなことよりケーキに集中したいんだよ……」

と、呟く声を聞いて、思わずくすりと笑ってしまう。そして菫も、ショートケーキにフォークを刺そうとしたが、ふと、その手を止めた。

(やっぱり桐也さんって、誰が見てもかっこいいんだなぁ……)

桐也がいわゆる女性にモテるタイプであることは、菫も理解している。

一見クールに見える凛々《りり》しい顔つきの桐也が、無邪気な顔をして甘いケーキを頬張っていれば、そのギャップが「かわいい」と注目を浴びてしまうのは、当然のことだろう。

（こんなにかっこいい桐也さんの隣に、私みたいに地味な女がいてもいいのかなぁ）

皿に並んだケーキに目を落とすと、そのかわいらしい見た目と、さっきのふわふわした女の子たちの姿が重なって、心がチクリと痛んだ。

（いけない！　せっかくのデートなんだから、楽しまないと！）

菫は慌てて首を振る。

そしてショートケーキの苺をぱくりと頬張った。


（なんだか、ドキドキする……）

スイーツ食べ放題の店を出た菫は、肩から下げたショルダーバッグのストラップを、思わずぎゅっと握り締めた。

よくよく考えてみれば、桐也とこんなふうにデートらしいデートをするのは、はじめてのことである。

ちらりと見上げると、そこには男らしく美しい桐也の横顔があって、そんな彼と肩を並べて歩いていることが、あらためて恥ずかしくなってしまった。

「菫」

「はひっ」

　ふいに名前を呼ばれて、変な声が出てしまいうつむいた。

「大丈夫か？」

「……大丈夫です。なんでしょうか？」

「おまえは、どこか見たいところはあるか？」

「見たいところ……」

　菫は呟きながら、首を左右に大きく振って、周囲を見渡す。

　桐也に連れられてやって来たのは、この街でも一番大きなショッピングモールだ。

　吹き抜けの長い通路には、若者向けの服やアクセサリー、おしゃれな雑貨やインテリアなど様々な店が並んでいる。

　桐也とお出かけデートをするのもはじめてなら、こんなに大きなショッピングモールを訪れるのもはじめてで、菫の心はもう、歩いているだけでふわふわと浮き立っていた。

　だからそう訊かれても、咄嗟《とっさ》には思い浮かばず、考え込んでしまう。

「…………」

「どうした？　菫」

「あっ、いいえ。えっと……私は、どこでもいいです」

「遠慮するな。今日は俺の目的に付き合わせてしまったからな。次は、おまえの好きなところに行けばいい」

そう言われて再び考えてみたが、きらびやかな店内に目移りするばかりで、やはり思いつかなかった。

「本当に、どこでもいいんです。私は、桐也さんと一緒にいるだけで楽しいですから」

と、素直な気持ちを伝える。口に出してから、少し恥ずかしい気持ちになったが、それは紛れもない菫の本心だ。

しかしそう言ったあと、今度は桐也のほうが黙ってしまった。

「桐也さん……？」

名前を呼ぶとハッとして、なぜか顔をそらされてしまう。

「ああ。そ、それじゃあ、適当に見て回るか」

「はい。そうしましょう」

桐也の提案に、菫は笑顔で頷《うなず》き、ふたりはまた歩き出した。

「あ、かわいい」

しばらく店内を歩いたころ、菫が足を止めたのは、和風の小物を扱う雑貨店だった。

「見ていくか？」

と、桐也に言われ「はい！」と返事をする。

店内に入ると、そこには和風の食器や日用品がずらりと並んでいた。着物に合わせられそうな巾着や和装飾の小物なども置いてあり、思わず目を惹《ひ》かれてしまう。

店内をゆっくり見て回っていた菫は、桜の柄が入った夫婦茶碗《めおとぢゃわん》の前で、ふと足を止めた。

ひとつは淡いピンク、もうひとつは水色に染められた桜が、華やかに咲いている。春を感じさせる柔らかなそのデザインは、いまの季節から使うのにぴったりだと、そう思った。

このお茶碗を使うなら、どんな料理が合うだろう……などと想像していると、背後から桐也に声を掛けられた。

「欲しいのか？」

「あっ、いえ。ただ、素敵だなって、そう思って」

「ああ、そうだな。春らしくて、いまの時季にちょうどいい」

「はい！　私も、そう思いました！」

桐也も同じことを感じていたのがうれしくて、つい声を弾ませてしまう。

すると桐也が、「すみません！」と言って手を挙げた。声を聞いた年輩の女性店員が、レジの奥からやって来る。

「はぁい。なんでしょう?」

「この茶碗なんだが——」

「ああ、これね。いいでしょう? 有田焼《ありたやき》なのよ」

桐也が言い終わらぬうちに、店員はこの茶碗の特徴について語り始める。桐也と菫は顔を見合わせたが、いかにもお喋《しゃべ》り好きそうな人懐っこい笑顔の店員に負けて、しばらく話を聞くことにした。

ようやくひととおりの説明が終わって、桐也が言う。

「それじゃあ、これを包んでくれ」

「はい、かしこまりました。プレゼント? ああ、でもあなたたちご夫婦ですものね。ご自宅用かしら?」

桐也が「ああ」と頷く。

それから店員が下がるのを待って、菫は桐也に話しかけた。

「いいん、ですか?」

「もちろんだ。そういえば、うちにある食器はほとんど俺が揃えたものだったからな。足りないものもあっただろう。気が利かず、すまなかったな」

「そんなこと! いまあるもので、不便はありません。ただ さっきのお茶碗は、デザインがとても素敵だったので。このお茶碗を、ふたりで使いたいなって、そう思ったんです」

菫がそう言うと、桐也はふっと柔らかな笑みを浮かべた。

「ああ、俺も気に入った。おまえが選んだものなら、俺はきっと気に入る。だからこれからも、好きなものがあったら遠慮せず買えばいい」

桐也はそう言って、その大きな手で、やさしく菫の頭を撫《な》でた。

「は、はい。ありがとうございます」

彼のあたたかな思いやりを受けて、本当ならもっとちゃんとお礼を言わなければと思うのに、頭を撫でられた恥ずかしさのせいで、まともに顔を見ることすらできない。

そうこうしているうちに、商品の準備ができたと呼ばれて、菫たちはレジへと向かった。

桐也が会計を済ませ、紙袋を受け取る。

「ありがとうございました！」

と、朗らかな声でそう言った店員に菫も会釈をすると、彼女が耳打ちをするように言った。

「素敵な旦那さんですねえ」

「へっ」

思わず声が裏返ってしまう。

「かっこよくて、やさしくて。うちの旦那とは大違い！」

「あ、ありがとうございます……」

なんと答えてよいかわからず、ひとまず礼を言う。すると店員の目が、悪戯《いたずら》っぽく細められた。

「あんなかっこいい男にならい、私もいい子いい子されたいわぁ」

「っ……」

まさか、見られていたとは。

「す、すみません……失礼いたしました……」

またも真っ赤になる羽目になった菫は、ぺこぺこと頭を下げながら、桐也のあとを追いかけたのだった。

それからも、ふたりでモール内のいろんな場所を堪能《たんのう》した。

流行の服が並ぶショップでお互いの服を見てみたり、近場にはない大きな書店に興奮する菫に桐也が付き合ってくれたり——。

そして歩き疲れたあとは、緑のマークが印象的なコーヒーショップのチェーン店に入ってひとやすみ。この店に学生時代から憧れていたと、以前に菫が話したことを、桐也が覚えていてくれたのだ。

てっきりコーヒーを飲むのかと思いきや、「新作が出ていたんだな」と言って、桐也がまたも甘いデザートドリンクを頼んだのには、少し驚いてしまったけれど。

「ふふっ」

菫はそのときのことを思い出して、桐也にバレないよう小さく笑う。

するとそのとき、すれ違いざまに「きゃあ」という甲高い声が聞こえた。振り返ると、若い女の子たちが数人、桐也を指差して「かっこいい！」と歓声を上げている。

（また、だ……）

スイーツ食べ放題の店にはじまって、桐也がこうして女性たちの黄色い声を浴びるのは、もう何度目かのことだ。

そのことじたいには、すっかり慣れてしまったが、やはり何度経験しても、菫の心はちくりちくりと、そのたびに痛んでしまう。

わかっている。この気持ちは、ただのやきもちだ。

恋愛小説を読めば、こういう感情を持った人物はたびたび登場していたし、きっと誰かを好きになれば、誰もが味わう気持ちなのだろう。

そしてやきもちは嫉妬心からくる感情で、だから、この痛みは誰のせいでもなく、菫の心の問題なのだ。

そう頭では理解しているのだが、今日という日が楽しかったぶんの反動もあって、心が落ち込んでいくのを止められなかった。

(やっぱり私、桐也さんに釣り合っていないよね……)

それは、見た目だけのことではない。

今日のデートでも、桐也は菫が楽しんでいるかどうかということを、いちばんに気にかけてくれていた。

ファッションに疎い菫に似合う服を一緒に考えてくれたり、書店に付き合ってくれたり、たった一度だけ「憧れだった」と話しただけのコーヒーショップのことを覚えていて、そこに連れて行ってくれたり。

思い返してみれば、今日は一日ずっと、桐也に楽しませてもらってばかりだった。

(そんな桐也さんに、私がしてあげられたことって……?)

スイーツ食べ放題の店に付き合ったのは、菫が自発的にしたことではないし、これは菫も一緒に楽しめる素敵な提案だった。

菫はさっき買ってもらった夫婦茶碗の入った紙袋を、ぎゅっと握り締める。

和雑貨の店を出たあと、桐也は紙袋を手渡して、こう言った。

いつもおいしい料理を作ってくれてありがとうな──と。

そしてもう一度、菫の頭をそっと撫でてくれた。そのことを思い出して、うれしさで胸が詰まるのと同時に、桐也が菫にくれるこのめいっぱいの幸せと同じだけのものを、果たして自分は返せているのだろうかと、心配になってしまった。

そんなことを考えていると、知らず知らずのうちに顔が下を向いてしまう。

そのまましばらく歩いていると、うつむいた目の端に非日常的な光景が映り、顔を上げた菫は目を見開いた。

そこにあったのはなんと──。

（ウ、ウエディング……ドレス……？）

突然に現れた純白の花嫁衣裳《いしょう》に、菫は思わず足を止める。

その店は旅行会社で、ハネムーンを兼ねた二人だけの結婚式をおすすめするフェアをしていた。

ウエディングドレスはどうやら、そのキャンペーンのために展示されているようである。

「綺麗《きれい》……」

その美しさに足を止め、菫は思わずため息をついた。

桐也からプロポーズと共に結婚指輪を貰《もら》い、すぐに籍を入れたふたりだが、結婚に関して何か特別な式などはしていない。もちろん、桐也と結婚できただけで菫は十分に幸せなのであるが、結婚式に憧れがないかと言われたら嘘《うそ》になる。

(でも、こんなに綺麗なドレス、私なんかには似合わないよね……)

一度は目を留めたものの、まばゆいばかりの純白のドレスは、菫の劣等感を更に煽《あお》った。

「──綺麗なドレスだな」

頭上から声がして、肩を上げる。

「あ、急に立ち止まってすみません」

「いや。ハネムーンで結婚式を──か。気になるのか？」

「い、いえ！　そういうわけじゃ」

「純白のウエディングドレス……おまえなら、きっと似合うだろうな」

桐也がそう言って、小さく笑う。

彼がお世辞を言うような性格ではないということは、誰よりも菫がよく知っている。

だからそれは、きっと彼の、心からの言葉だ。

しかし、自分が妻として劣っていると、桐也とはあまりにも釣り合わないと、そのことばかりで頭がいっぱいになっていた菫は、その言葉を歪《ゆが》んだ形でとらえてしまった。

「っ……私なんかに、似合うはずありませんっ！」

つい口から出てしまった強い口調に、桐也が目を丸くする。その表情を見て、菫はハッと息を呑《の》んだ。

(私ったら、なんてことを……!)

「あ、あのっ、桐也さん! 私っ……」

弁解をしようとしたがすでに遅く、さっきまで微笑《ほほえ》んでいた桐也の表情が、たちまち曇っていった。

「——そうか。変なこと言って悪かったな」

静かな怒りが籠っているような、低い声。そして桐也は背中を向けると、すたすたと歩き出してしまった。

(桐也さん、怒ってるよね……)

帰り道のバスで菫は、さっき桐也が見せた表情を思い出していた。

ちょうど夕方に差し掛かるころの車内は、女子高生や小さな子どもを連れた大人、老人など、様々な乗客で混雑している。

桐也と菫は、空いていた一番後ろの席に腰掛けたのだが、桐也はあれからずっと、一言も喋《しゃべ》らないままだ。

いつもなら、肩が触れるほど近くにいてくれる桐也との距離も、心なしか遠い気がする。

(私がつまらないことを言ってしまったせいだ。忙しい桐也さんが、せっかく時間を作ってくれたのに。こんなにも、私を楽しませてくれたのに……)

この一件で、桐也は自分に愛想を尽かしてしまうのではないだろうか。

楽しいはずの時間を、小さな嫉妬で台無しにしてしまった自分の行動を振り返り、菫は自己嫌悪が止まらなかった。

桐也さんに、謝りたい――。

でも、こんなにも醜い感情を、いったいどう話したらいいのだろう。

そう考えながら、膝の上で握り締めた拳に目を落とした、そのときだ。

ガタンとバスが揺れ、それに驚いたのだろう。赤ん坊が泣き出してしまった。

「うあああああん!」

「よしよし……大丈夫だからね」

抱っこ紐《ひも》で赤ん坊を抱えた若い母親が、背中をぽんぽんとやさしく叩《たた》いてあやすが、泣《な》き止《や》まない。

さっきまでお喋りをしていた、制服姿の女子高生たちも、その泣き声に圧倒されたのか、黙り込んでしまった。タイミング悪く、ちょうど赤信号でバスが止まってしまう。しんと静まり返った車内に、赤ん坊の泣き声だけが響き渡った。

「よしよし……もう少しだからね……泣かないで……お願い……」

母親は今にも泣きそうなか細い声で、赤ん坊に話しかけている。その声の様子から、周囲への迷惑を気にして、必死であやしているのだろうということは、よくわかった。

（どうしよう……気にしないでくださいって、声を掛けてあげようか……）

そう思った、そのときだ。

「おい！　うるせえぞ！」

菫の肩が、びくりと上がる。

前の席に座っていた中年の男性が、振り向いて親子を怒鳴りつけたのだ。そのあまりの大声と剣幕に、乗客たちも息を呑む。車内の空気が、ピンと張り詰めた。

「す、すみません！」

母親は慌てて頭を下げたが、赤ん坊はいよいよ火がついたように泣き続ける。

「すみませんじゃねえんだよ！　しつけがなってねえな！　だいたいよ、赤ん坊連れてバスになんか乗るんじゃねえよ！　迷惑なんだよ！　これだから若い母親は……」

体を小さくして何度も謝る母親に向かって、男性はあろうことか、くどくどと説教をはじめた。

（許せない……！）

恐怖で弱い者を支配しようとする者の卑劣さを、菫は誰よりもよく知っている。そして、そういう人間の悪意を、誰よりも憎んでいた。

男の言動に強い怒りを感じ、考えるよりも先に立ち上がろうとした、そのときだ。

「――俺が行く」

桐也がすっと立ち上がり、菫を制した。

「桐也さん……！」

バスはちょうど次の停留所に止まったところで、母親は男から逃げるように降りる準備をしていた。そこへ、つかつかと桐也が歩み寄る。

「あんた、このバス停で降りるのか？」

そう尋ねると、母親は「いえ」と小さく首を振った。

「ほ、本当は二つ先のバス停ですが、この子が泣いてしまったので……」

「だったら降りなくていい」

「えっ？」

母親は驚いて目を丸くする。そして桐也は、その顔を男のほうへと向けた。

「なっ……なんだ、テメーは⁉」

「ああっ!?」

桐也にギロリと睨《にら》みつけられ、男はぐっと押し黙る。

「赤ん坊を連れてバスに乗るのは迷惑だって言ったな？」

「だ、だからどうしたってんだよ！　事実じゃねえか！　な、なんか文句あんのかよっ！」

さっきまでの威勢のよさは鳴りを潜め、男の声は震えていた。やはり、相手を見て態度を変えているのだ。

その卑劣さに、あらためて怒りを覚え、菫の体が小さく震える。そしてその気持ちは桐也も同じだったようだ。

「迷惑なのはテメーのほうだ」

車内の空気がビリリと震えた。

しかし張り上げたその声は、さっきの男の怒鳴り声とは、違う種類のものだ。言うなれば、一声で相手を黙らせてしまう獅子《しし》のような、威厳のある声。乗客たちは息を呑み、その視線は桐也だけに集中した。

「赤ん坊が泣いたくらいでぎゃあぎゃあ騒ぎ立てやがって。じゃあなんだ？　あんたは赤ん坊の頃から誰にも迷惑かけないで生きてきたってのか？　だいたいなぁ、バスに赤ん坊連れて乗っちゃいけねえなんて法はねえんだよ」

男は言い返すこともできず、とうとう黙り込んでしまう。

すると、車内の空気が変わった。

女子高生たちが、わざと聞こえるような大きな声で言う。

「ていうか、おじさんのほうがよっぽどうるさかったよね？」

「言えてる。赤ちゃんに怒鳴るなんてサイテー。赤ちゃんかわいそう」

それをきっかけに、他の乗客たちも口々に男を非難し始めた。

「――どうやら、ここで降りるのはあんたのほうみたいだな」

桐也が静かにそう言うと、男は「ぐっ」と絶句して、そそくさとバスを降りて行った。

「お騒がせをしてしまい、すみませんでした」

運転手と、次に乗客たちへ、桐也が腰を折る。しかし彼を咎《とが》める者はいないどころか、
車内は拍手に包まれたのだった。

「――やっぱり桐也さんは、すごいです」

帰宅して、菫は部屋に入るなりそう言った。

「何がだ？」

桐也がジャケットを掛ける手を止めて、こちらを振り返る。

あれから同じ停留所でバスを降りた母親は、桐也に駆け寄り礼を言った。

公共交通機関で赤ん坊が泣くたびに、いつも肩身の狭い思いをしていたのだという。だから今回の件で、桐也の言葉に救われたと言って、何度も頭を下げていた。

桐也は照れくさいのか、頭を掻《か》きながら「赤ん坊は泣くのが仕事だから気にするな」と、ぶっきらぼうに言ったのだが、それがかえってよかったらしい。

若い母親の顔はみるみるうちに赤くなり、この一件を見届けた女子高生たちも、顔を見合わせて頬を上気させていた。

そんな姿を見て、菫はあらためて、桐也のことを誇らしいと思った。

しかしそれと同時に、やはりそんな桐也と自分とでは釣り合っていないという気持ちが、いよいよ菫の心を打ちのめしてしまったのだ。

「さっきの桐也さん、すごくかっこよかったです。桐也さんは見た目だけじゃなくて、中身もかっこいい。それなのに……やっぱり私みたいに、地味で取り柄のない女が、桐也さんの妻でいいんでしょうか？」

「ああ？　どういう意味だよ!?」

桐也の語気が、鋭くなる。

「どうして急にそんなことを言うんだ？　おまえ、途中から様子もおかしかったぞ」

「だって、不安になってしまったんです！　桐也さんが……あ、あまりにも……かっこよすぎるから……」

「はぁ!?　何言ってんだ？」

「今日だって桐也さんは、そこにいるだけで女の子たちの注目の的でした。お店では、ケーキを食べているだけでかわいいって言われて……コーヒーショップでは、女の子たちみんなが、桐也さんに商品を渡したくて取り合いになっていました。お茶碗《ちゃわん》を買った雑貨店のおばさまだって、桐也さんにならいい子いい子されたいって……」

言葉を続ければ続けるほど、みじめな気持ちになって、菫は下を向く。

「でも、桐也さんはかっこいいから、女の子たちがそうなるのも当然なんです。それなのに、私はそのたびにもやもやしてしまって……そのうちに、どんどん不安になってしまったんです。そんなに素敵な桐也さんと私じゃ、ちっとも釣り合ってないんじゃないかって……」

嫉妬とは、なんと身勝手な感情なのだろうと、菫は言葉を吐き出しながら思った。

しかし今日のことを謝るためには、この感情に向き合わなければならないとも思って、胸の前で握り合わせた手に、ぎゅっと力を込める。

この醜い感情をぶつけられて、桐也はどう思っただろうか。きっと、呆《あき》れられてしまったに違いないと、恐る恐る顔を上げる。

しかし桐也は、なぜかほっと安心したような表情で「はぁ」と大きく息を吐いた。

「そういうことかよ……」

そして人差し指でぽりぽりと頭を掻きながら、遠慮がちに言う。

「それは、その、つまり——妬《や》いてるって、ことか？」

菫はこくりと頷《うなず》く。

「……こんなことを思ってしまって、本当にごめんなさい。みっともないって、自分でもわかっています。でも、それでも思ってしまったんです。桐也さんのかっこいいところも、かわいいところも、全部ぜんぶ、私だけのものだったらいいのにって……」

消え入りそうな声でそう言うと、桐也にぐっと手首を掴《つか》まれた。

「——ケジメだ。目ぇつむれ」

その言葉に、菫は鋭く息を呑《の》む。

（——当然だ。私みたいな女が感情的になって、桐也さんを困らせたから……）

菫は言われたとおり、固く目を閉じた。その、瞬間。

「——えっ？」

ふわりと空気が動き、抱き寄せられた。

「と、桐也さっ……」

声も出ないほど、強い力でぎゅっと抱き締められる。

桐也は菫の頭に顔を埋めるようにして、切なげな声で言った。

「──悪かった」

「!? ど、どうして桐也さんが謝るんですか？」

「おまえを不安にさせちまった。これは、俺のケジメだ──いいか？　一度しか言わないからよく聞け」

「は、はい」

「おまえは誰よりも綺麗《きれい》だ。そして、誰よりも俺にふさわしい」

「そんな……嘘《うそ》ですっ！　だって！」

菫は思わず体を離し、叫ぶように言った。

「私みたいな……地味でなんの取り柄もない女──」

「おまえ、さっきオッサンが騒ぎ立てたとき、誰よりも先に注意しようとしただろ？」

菫の言葉を遮るように、桐也が言う。

「それは、ただ、許せなくて……」

「そう思っても、なかなかできることじゃねえ。あのとき俺は思ったんだ。ああ、おまえを妻にして、よかったってな――」

「桐也さん……！」

両目にぶわりと、涙が浮かぶ。桐也が自分のことをちゃんと見ていてくれたこと、そして妻として認めてくれたことがうれしくて――。

「ありがとうございます……不安になってしまって、ごめんなさい……」

「謝るのは俺のほうだ。ちゃんと言葉にしなきゃ、伝わらねえよな」

そう言った桐也に、また、強く抱き締められる。

その温《ぬく》もりに包まれながら、菫は思った。

（強く、ならなくちゃ……）

いつだって、たくさんの愛情を与えてくれる桐也。そんな彼の愛情を信じられないのは、妻として一番の罪だ。

桐也のため、彼にふさわしい妻になる。

そのために、つまらない嫉妬や、自分を貶《おとし》めることは、もうしない。

菫が妻として至らないのであれば、努力をするだけだ。

「桐也さん。私、あなたのために強くなります」

菫は彼の胸に抱かれながら、その決意を密《ひそ》かに呟《つぶや》くのだった。

＊＊＊

繁華街にネオンが灯《とも》り、『clubM』の店内は大勢の客で賑《にぎ》わっていた。

「このまえは助かった」

見回りがてら店にやってきた桐也は、バーカウンターに座り、着物姿の薫子に言った。

菫に着付けを教えてあげたことだと気づいた薫子は、ふっと笑って首を振る。

「いいわよ。私も楽しかったし。それより菫ちゃん、家にいるばかりじゃつまらないでしょう？　たまにはうちのお店でアルバイトでも――」

「――ダメだ」

言い終わるまえにあっさりと断られ、薫子はわざとらしく頬を膨らませる。

「そうね。あなたの大事なお姫様ですものね」

「っ……」

出された水割りを、桐也は一気に飲み干す。

そして、今日のことを思い出した。

（まさか、あんなことを思っていたなんてな……）

菫がはじめて見せた、強い嫉妬の感情。

彼女は出会ったころから、何かあるたびに自分の容姿や性格を卑下していた。たしかにあの頃の菫は、表情も乏しく、うつむいてばかり。性格も暗く、笑うことすらも滅多になかった。でもそれは、育った環境のせいだろうと、桐也はそう思っていた。

自分のおかげ、などというおこがましいことは思っていない。しかし桐也と結婚してからの菫は、表情もいきいきとして、すっかりと明るくなった。

本来の魅力を取り戻した彼女は、「地味で取り柄のない」どころか、誰もが振り返るような美貌に生まれ変わったのだ。

そして美しいのは外見だけではない。これは彼女が本来から持っているものだが、中身まで聡明《そうめい》で、思いやりにあふれた素晴らしい女性だと、桐也はいつだって思っている。

しかし菫自身が、その魅力にまったく気づいていないのだ。

今日のことだって、そうである。たしかに桐也は、すれ違う女性たちから何度も好意的な視線を向けられていた。しかしそれと同じくらい、菫だって注目をされていたのだ。

ウエディングドレスの一件のまえに、桐也を「かっこいい」と言った若い女性たちの集団は、そのあとに「美男美女でお似合いだ」と、そう話していたのに——。

(そんなこと、気づいてもいねえんだろうな)

私が桐也の妻でいいのか――と問われたとき、桐也は息を呑んだ。

菫が極道の妻でいることが嫌になって、そんなことを言ったのだと、そう思ったからだ。

出掛けている最中も、たびたび彼女が浮かない顔をしていることには気づいていた。

それはきっと、自分が不慣れなせいで、うまく楽しませることができていないからだと、そう思った。

それで落ち込んで、つい、ぶっきらぼうな口調になってしまった自覚もある。

そもそもスイーツ天国に連れて行ったのがまずく、それで嫌われてしまったのだと、帰り道のバスの中ではずっと反省をしていて、家に着いたら謝罪すらするつもりでいたのだ。

それが誤解だとわかりほっとしたが、彼女の心根に巣くう闇は、想像以上に根深いものだとわかり、胸が痛んだ。

(あいつには、いつだって笑っていて欲しい……)

カラリと氷が鳴り、薫子がそれに気づいて言った。

「おかわりは?」

「もう大丈夫だ。ボトルを一本、つけておいてくれ」

「あら、毎度あり」

と、薫子がルビー色に塗られた唇をすぼめる。それを見て、そういえば菫が口紅を彼女にもらったと言っていたことを思い出して、そのことについても礼を言った。

「ああ、いいのよ。私、化粧品はあまるほど持っているから。それより、どうだった？　菫ちゃんに、とても似合っていたでしょう？」

言われて、艶のある彼女の唇を思い出してしまい、つい赤くなる。

「ま、まぁ……悪くなかった」

「その言い方！　もしかしてまた菫ちゃんにも、そんなふうに言ったんじゃないでしょうねえ？」

「うっ……」

「ほら！　図星でしょう。まったく……あんたって本当にそういうところダメね。女の子はね、言葉で褒められて輝くの。言わなくてもわかるなんて、男の怠慢よ」

「……わかってる」

「あら、素直ね。いいことだわ」

薫子がくすりと笑う。

あのときのことは、桐也自身もずっと引っかかっていた。

結婚祝いを持参した拓海との顔合わせのため、華やかな装いに身を包んだ菫は、恥じらうように頬を染めていて。

桐也はその美しさに目を見張り、見慣れない色の唇に釘付《くぎづ》けになった。

いつもとは違う鮮やかな輝きは、彼女の新しい魅力を引き出していると感じたが、それをうまく言葉にすることができなかったのだ。

もしもあのとき、自分が感じた気持ちを素直に伝えていたら――彼女があんなふうに、嫉妬の感情に苛《さいな》まれることは、なかったのかもしれない。

空のグラスを持ったまま黙り込んでしまった桐也を見て、薫子が大きなため息をつく。

「どうせあなたのことだから、菫ちゃんがいつもと違う雰囲気になったのを見て、びっくりして何も言えなくなっちゃったんでしょう？」

「…………」

それも、図星である。

悪戯《いたずら》っぽくこちらを見る薫子の視線から、桐也は思わず目を逸《そ》らした。

「まったく。意外と初心《うぶ》なんだから。でもね、そんなことじゃあ菫ちゃん、あっという間に誰かに誘惑されちゃうわよ！」

溶けかけた氷が、カランと大きく鳴り、桐也はハッと目を見開いた。

「そ、そんなこと……」

言ったきり黙ってしまった桐也を見て、薫子が慌てる。

「ちょ、ちょっとやだ。冗談よ！　もう、あんたってば本当に真面目なんだから。水、持ってくるわね」

薫子が離れ、桐也はグラスに映る自分の姿を見つめた。

（ずっと不安なのは、俺のほうだ――）

学もなく口下手で、喧嘩《けんか》っ早《ぱや》い、しかもヤクザ。見た目を褒められることは多いが、ちゃんと愛されたのは、彼女がはじめてだ。

もっと菫にふさわしい男は、この世にごまんといる。

道行くはつらつとした美しい若者を見るたび、もし菫があんな生い立ちでなければ、きっと彼らのような男と恋をしていたのだろうと、そんなことを思った。

例えば肩書きはヤクザでも、拓海はまさしくそんな若者だ。見た目もいまどきの好青年で、彼女に見合うだけの学もある。

先日の顔合わせのため、華やかに着飾った菫をうまく褒められなかった理由。

白状をすれば、それはもうひとつあった。この美しい姿を、そんな拓海に見せたくないと、咄嗟《とっさ》にそう思ってしまったのだ。

もし菫が、自分の魅力に気づいてしまったら――。

桐也はときどき、怖くなる。

ふとした拍子に、自分に愛想をつかした菫が、どこかに行ってしまうような気がして。

それどころか、彼女との幸福な日々は、ほんとうはすべてが夢で、朝起きたら、隣にあるはずのぬくもりがなくなっているのではないかとさえ思って、怖くなるのだ。

(あいつはきっと、思いも寄らねえだろうな……)

桐也は小さく笑った。

今までの桐也に、怖いものなど何もなかった。

しかし菫と一緒になって、桐也ははじめて恐怖というものを感じたのだ。

それは、愛する人を失うという恐怖。

どんな形であれ、菫をこの手から失うことが、いまの桐也には、何よりも怖かった。

(俺はどうかしているな)

だからこそ、菫が見せた嫉妬の感情を、桐也はうれしいと思ってしまったのだ。

第三章　引き裂かれた日常

獅月組《しづきぐみ》の屋敷《やしき》から駅に向かって歩いていったところに商店街がある。

野菜に精肉、鮮魚、豆腐、惣菜《そうざい》と、そこには様々な商店が立ち並んでいて、たいていは、この街に古くから住んでいる人々が営んでいた。

少し遠くまで歩けばスーパーもあるのだが、菫《すみれ》はどこか懐かしい雰囲気のあるこの商店街を気に入っていて、毎日のように通っている。

（今日は、どのお店に行こうかな……）

買い物リストを頭に思い浮かべながら、春のあたたかい陽気のなかをのんびり歩いていると、なんだか心までぽかぽかとして、幸せな気持ちになれるのだ。

実は結婚をした当初、菫がひとりでこの商店街を利用することを、桐也《とうや》はあまりよく思っていなかった。

理由は無論、菫が一般人から、極道の人間になってしまったから。

近くに巨大な屋敷を構えている獅月組のことを、知らない商店街の者は少ない。もちろん、不安を抱えている住民もいるだろう。

そのために獅月組がいくら地域貢献をしているといっても、組織をよく思わない人間が多数いることは、菫でも容易に想像できた。

そして桐也は、菫がひとりで街を歩くことで、そういった反発の感情に遭遇しやすくなるであろうことを、心配していたのだ。

『買い物なら組員に頼めばいい。もしどうしてもひとりで行くというなら護衛をつける』

とまで言われ、しかし菫は首を振った。

桐也の気持ちはうれしかったが、自分よりずっと年上のシンやゴウたちに使いを頼むなんて、申し訳なくてとてもできないし、まして護衛などは、もってのほかだ。

それに、この街で獅月組によくない感情を持つ者が多くいるのだとしたら、菫のような立場の人間こそ、ごく普通に振る舞うほうがよいのではないかと、そう思った。

それは、この世界のことを何も知らない人間の、甘い考えなのかもしれない。しかしその思いを伝えると、桐也は黙って頷《うなず》いてくれた。

それから菫は、足しげく商店街に通った。はじめこそ、よそよそしい態度を取られることもあったが、そんなことではめげない。

そもそも住民の不安はもっともであるし、家族から長年にわたって理由なき差別を受けてきた菫は、それが納得のできる理由であれば、冷たい態度を取られることなど、なんということもなかった。

そのかいがあったのかどうかはわからないが、今ではすっかり馴染《なじ》みの顔である。

（えっと、お野菜とお肉と……あっ、お豆腐も買わなくちゃ。荷物になる前に、今日も本屋さんに寄って行こう）

商店街の端に『のなみ書房』という、物静かな老翁が店主の小さな書店がある。夕飯の買い物をする前にそこに寄り、ゆっくり本を見るのが、菫の最近の楽しみだった。

「いらっしゃい」

常連からは「野並《のなみ》さん」と呼ばれ親しまれている、店主の野並耕造《こうぞう》が、穏やかな笑みを浮かべて菫を出迎えた。

「こんにちは」

と、菫も笑顔を返す。

今日は、ずっと気になっていた単行本を買おうと決めていた。高価な単行本を、新品で買うことができる現状に感謝しながら、胸を弾ませ、文芸コーナーの棚へと向かった。

心のなかでタイトルを復唱しながら、目的の本を探す。

（……あった！）

しかし手を伸ばそうとして、菫は思いとどまった。

(これ、届く……かな?)

この店の本棚は、天井まで届くほど背が高い。あまり広くない店内を、有効活用するためだろう。

目的の本は、菫の背丈で届くか届かないか、ぎりぎりのところにあった。店内には踏み台が置いてあるのだが、それはあいにく、他の客が使用中である。

(背伸びすれば、なんとか……)

んっ、と小さく掛け声を発しながら、菫は精いっぱい背伸びをした。目測どおり、目当ての単行本には、ぎりぎりで手が届きそうである。

しかし、そのときだ。

「――菫さん?」

ふいに名前を呼ばれて、びくりと肩が上がる。驚いて、手に持った単行本を取り落としそうになった菫は、ふらりとバランスを崩してしまった。

「わっと……!」

倒れそうになった菫の腰を、引き締まった筋肉のついた腕が、そっと抱き留める。

「すみません! 驚かせてしまって」

「！　あなたは――」

そこにいたのは、犬飼一家《いぬかいいっか》の若頭・犬飼拓海《たくみ》だった。

「偶然ですね。まさか、こんなところでお会いするとは」

拓海は爽やかに、にこりと笑った。

「は、はい。ご無沙汰しております」

「ご無沙汰――というほどでも、ないですが」

くすりと笑われて、菫は、かっと赤くなりスカートを握る。

すると拓海が、菫が手に持った本に目を留めた。

「その本――」

「あっ、えっと」

母と姉に、読書を陰気な趣味だとからかわれてきた菫は、咄嗟に本を隠そうとした。

「僕も、読みました。とても面白かったですよ」

「えっ？」

だから、拓海が目を細めて笑顔で言った言葉に、心底驚いてしまう。

「本、お好きなんですか？」

「ええ、よく読みます。だから、今日もここへ」

「あっ」

ここは書店であり、冷静になって考えれば当然だ。本が嫌いで、わざわざ書店に足を運ぶ人間はいないだろう。

それなのに、本を隠そうとしたり、当たり前のことを質問してしまった自分が恥ずかしく、菫はまた、赤くなってしまった。

「たしか、一昨年に賞を取った作品ですよね」

「は、はい！　その頃から、ずっと気になっていたんです」

「たしかに、あの冒頭は惹《ひ》きつけられましたね。内容も衝撃的で——」

言いかけて、拓海は「おっと」と口をつぐんだ。

「今から読むというひとに、話してはいけないですね。ぜひ、楽しみに読んでください。そうだ！　その本、プレゼントしますよ」

「えっ」

断る間もなく、拓海は菫の手から本を取った。

「そんな、プレゼントなんて！　いただけません！」

「気にしないでください。驚かせてしまったお詫《わ》びです」

「でも！」

「桐也さんの大切な奥様ですから、これくらいしないと」

拓海はそう言って悪戯《いたずら》っぽく笑うと、強引に会計を済ませてしまった。

「ありがとうございました」

本の入った紙袋を胸に抱いて、菫は頭を下げた。

「いえ。最近に出た、その方の新作も面白かったですよ。浮いたお金で、ぜひそれを買ってください。なんて――僕が、感想を聞きたいだけなんですけどね」

拓海がおどけたように肩をすくめるので、思わず笑ってしまう。

「本当に、本がお好きなんですね」

「ええ。でも、周りに本好きがいないので、感想を言い合ったりする機会がないんです。同じ本を読んで感想を伝えたり、おすすめの本を交換できたりしたら、きっともっと楽しいでしょうね」

（感想を、言い合う……）

そんなことは、考えたこともなかった。菫にとって読書は、ひとりで楽しむもの。しかしそう言われてみれば、これはという作品に出会ったとき、こんな菫でも、誰かにこの感想を伝えたいと思ったことが、幾度かあった。

「そ、それは……すごく、楽しそうです……！」

菫の目は、まるで大発見をしたかのように見開かれ、きらきらと輝く。

「ふふっ、ですよね。その本がお好きなら、ちょうど——」

そのとき「すみません」と言って、書店へと入る客が、ふたりのあいだに割って入った。

気づけば長々と、入り口で立ち話をしてしまったようだ。菫は慌てて頭を下げて歩道に移動をし、拓海も、それに続く。

「つい、長話をしてしまいましたね。あの、もしよかったら、今からカフェにでも行きませんか？」

「え……」

思いがけないことを言われて、菫は戸惑った。

「コーヒーの美味《おい》しいお店があるんです。立ち話もなんですし。それに、もっと本のことをお話しできたら、うれしいなって」

拓海は屈託ない笑顔で、そう言った。

（どうしよう……）

菫は悩んだ。今日はゆっくりと買い物をする予定だったので、時間はある。

しかし、桐也の妻である菫はもう、獅月組の人間だ。

同じ稼業の、しかも若頭の立場である彼と、ふたりきりの時間を過ごしてもよいものなのだろうか。

(犬飼さんは、いいひとだけれど——)

桐也の言っていた、信頼のできる友であるという言葉。そしてあの挨拶の日の、ふたりを取り巻く雰囲気や話しぶりから察するに、少なくとも敵対しているような相手ではない。むしろ、桐也があぁして正式な挨拶の場を設けるような相手だ。だとすれば、断るほうが失礼になるだろう。

(それに、さっきの本のお礼もしなきゃだよね)

そう思った菫は、「はい。それでは、ぜひ」と、拓海の誘いを受けることにした。

拓海に連れられてやって来たのは、路地裏にある隠れ家のような純喫茶だった。

内装はまるでバーのようで、カウンターの奥には壁一面、アンティークのカップが並んでいる。

店に入ると、カップを磨いていたマスターが手を止めた。

「いらっしゃいませ。いつものお席へどうぞ」

穏やかな渋い声が、静かな店内にしっとりと響く。拓海は「ありがとう」と言って、仕切りのある奥まったテーブルに菫を案内した。

「素敵なお店ですね」

菫がそう言うと、拓海はにこりと清々《すがすが》しい笑みを浮かべた。

「お気に入りのお店なんです。この店のコーヒーは自家焙煎《ばいせん》で、香りも味も格別なんですよ。マスターの腕と、こだわりも――」

ロマンスグレーのマスターがお冷を置きながら、「光栄でございます」と、目を細める。

こうしてさりげなく相手を褒めるところが、いかにも拓海らしいと、菫は思った。

「あ、そうそう。この店は、ケーキもおすすめなんですよ」

「ケーキですか！」

その心躍る言葉に、菫は差し出されたメニューを覗《のぞ》き込んだ。

「季節ごとに種類が変わるんです。春は、苺《いちご》のショートケーキに……」

「金柑《きんかん》とショコラクリームのタルト！」

珍しいメニューが目に留まり、思わず読み上げてしまう。

「へえ、金柑を使ったタルトは珍しいですね。それにしますか？」

頷《うなず》くと、拓海は「僕もそうします」と言って、マスターを呼んだ。そして菫にコーヒーの好みを訊《き》き、あっという間に二人分の注文をしてしまう。

「ありがとうございます」

礼を言うと、拓海はまた、にこりと笑った。

（なんだか、本当に爽やかなひとだな……）

今日の拓海は、Tシャツにテーラードジャケットというカジュアルな服装をしていた。いまどきの髪型に、お洒落《しゃれ》なピアス。薄茶色の髪を、ゆっくりと耳に掛ける仕草は、やはりとても優雅で。

（知らないひとが見たら、犬飼さんがヤクザだなんて、きっと思わないだろうな）

と、菫はそう思った。

しばらくして、コーヒーとタルトが運ばれてきた。目の前に置かれた、金柑のタルトを見て、菫は「わぁ」と小さく声を上げる。

円形のタルト台は、ホイップされたショコラクリームで飾られていて、カットされた大粒の金柑がごろごろと載っていた。彩りも鮮やかで、甘酸っぱい春の香りが鼻腔《びこう》をくすぐる。

柑橘《かんきつ》系のタルトに合うと選んでくれたコーヒーも、甘くいい香りだ。

「さっそく、いただきましょう」

拓海の言葉に頷き、菫はコーヒーをひとくち飲んでみた。

「！　おいしい……！」

深いコクと甘い香り、そして、まるでフルーツのような酸味がスッと鼻に抜けた。

（このお店、桐也さんにも教えてあげたいな……）

その香りを楽しみながら、そんなことを思う。つい桐也のことを考えて、ぼうっとしてしまうと、拓海に話しかけられた。

「――菫さん？　どうかしましたか？」

「あっ、すみません！　桐也さ……いえ、夫がコーヒー好きなので、連れてきてあげたら喜ぶだろうなと思って……あっ、でもお気に入りの場所を人に教えられては、嫌ですよね？」

菫は慌てたが、拓海は笑った。

「そんなことは気にしないでください。桐也さんなら、大歓迎です。なんなら今度、三人できましょうか」

「それは楽しそうです！」

（ケーキもあるし、絶対喜ぶよね。あ、でも。犬飼さんに甘いもの好きってバレちゃったらまずいかな……）

そんなことを考えて、思わず「ふふっ」と、笑みが漏れてしまう。

「……………」

その様子を、拓海がじっと見つめていたが、桐也のことで頭がいっぱいの菫は、その視線に気づかなかった。

「どうぞ、ケーキもおいしいですよ」

「あっ、はい。いただきます」

菫はわくわくとした気持ちで、サクリとタルトにフォークを入れた。

「んっ……！」

そして再び、目を見張る。

色鮮やかなコンポートの甘みと、ほろ苦いショコラクリームのマリアージュ。そしてあとから、金柑の甘酸っぱさが追いかけてきて、抜群のおいしさだ。

拓海の言うとおり、コーヒーとの相性もぴったりである。

「コーヒーも、タルトも、すごくおいしいです！」

弾んだ声で感想を伝えると、拓海はうれしそうに笑った。

「それはよかった。ここのケーキは、マスターの奥さんが作っているんですよ」

「奥様が！」

「コーヒーにこだわるご主人と、そのコーヒーにぴったりのお菓子を手作りする奥さん。

おふたりは仲もよくて、僕の理想のご夫婦なんです。あんな素敵な女性に、僕もいつか、巡り合えたらいいのにな」

「きっとすぐに、いいひとが見つかりますよ。だって犬飼さんは、素敵な方ですから」

菫はそう言ったが、しかし目の前にいる拓海の表情を見てハッとした。

「――そんなこと、ないですよ」

そう言った拓海の目はどこか悲しげで、長い睫毛《まつげ》は憂うように伏せっている。

カップを置く音が、やけに大きく響いたような気がして、菫はひやりとした。自分の言い方が下手なせいで、白々しいお世辞の言葉だと、受け取られてしまったのだろうか。

「そ、そんなことあります！　お洒落でかっこいいですし、何より、とてもいい人です。それに気が利いて、お喋《しゃべ》りも上手で、えっと、その……」

必死になって、彼の長所を並べる。しかし喋れば喋るほど嘘《うそ》くさくなってしまい、鼓動が速くなった。

(違う。こんなことを言いたいわけじゃないのに……)

拓海の良さを表現する、ぴったりの言葉がきっとあると思うのに、考えれば考えるほど、頭がぐるぐるとしてしまって何も思いつかない。

(桐也さんが信頼している拓海さんは、桐也さんに少し似ていて、でも、やっぱり違っていて。桐也さんはお日様のようにあったかいひと。でも、拓海さんは――）

菫は、ハッとして顔を上げた。

「そのお名前にぴったりの、海みたいに心が広い、やさしいひとです」

その言葉を聞いた拓海が、目を見開いてこちらを見た。

（ど、どうしよう……結局変なこと言っちゃった……）

きっと拓海は呆《あき》れているだろうと思い、顔を赤くしてうつむいたが、その耳に聞こえてきたのは、大きな笑い声だった。

「す、すみませんっ。私、変なことを」

「いえ、こちらこそすみません。違うんですよ。菫さんがあまりにも褒めてくださるので、うれしくなってしまって」

「あ、あの、これは決してお世辞ではなく！」

あたふたとする菫を見て、拓海が、ふっと笑った。

「わかっていますよ。菫さんは、お世辞を言うようなひとではないです。あ、でも――」

ゆったりとした動作で、拓海がカップを置いた。

カチャリ――と、今度は静かな音がする。細くて長い指と、その美しい仕草に、菫はつい、見惚《みと》れてしまった。

そしてハッと気づけば——頬杖《ほおづえ》をついた拓海の顔が、ぐっと近くにあった。

「——それって菫さんが僕のことを、そんなふうに素敵だって、そう思ってくれてるってことですか？」

「っ……」

拓海は悪戯《いたずら》っぽい笑みを浮かべながら、菫を上目遣いにじっと見た。さらりとした髪と同じ色をした瞳と、視線がぶつかる。まるでお人形のように長い睫毛が、何かを問いかけるように、ぱちぱちと瞬《またた》いた。

「す、すみません。それは、そ、そういう意味では……いえ、素敵だと、そう思うのは本当なのですが、その」

菫が慌てると、拓海は「ふっ」と大きく息を吐いてから、おかしくてたまらないというように、また笑い出した。

「冗談ですよ」

「!? す、すみません！　私！」

「いえ、こちらこそ。からかってすみませんでした。菫さんは、かわいいひとですね」

菫の顔が、かっと熱くなる。

（私ったら、最低だ……）

かわいい、とは、きっと子どもっぽいという意味だろう。冗談を言われて、うまく返すこともできず、真に受けてしまうなんて。

桐也の大切な友人に、自分は気の利いた会話ひとつまともにできない、つまらない女だと突き付けられたようで、菫は恥ずかしくなった。

「すみません、犬飼さん……」

消え入りそうな声で謝ると、今度は拓海のほうが慌てた。

「謝らないでください！　悪いのは、僕のほうです。あ、それから。僕のことは、拓海と呼んでくれませんか？」

「え、でも」

そんなふうに気安く呼んでいいものだろうかと、逡巡《しゅんじゅん》する。

「構いません。僕たちは年齢も近いですし、そのほうがきっと、緊張しないでお話しできると思いますよ。僕のような者が、こんなふうに言うのはおこがましいですが、僕は、桐也さんを大切な友人だと思っています。ですから、奥様の菫さんとも、ぜひ親しくなりたいんです」

拓海は真剣な表情で、まっすぐにこちらを見て言った。

（このひとは、そんなことまで考えてくれていたんだ……）

今日菫を誘ったのも、きっとそういう理由なのだろう。夫である桐也が、信頼できる友であるといった人物が、そのとおり誠実な人間であることを、菫はうれしく思う。

そして同時に、そんな彼に自分もきちんと向き合わねばとも思った。

「私も、同じ気持ちです。あらためて、よろしくお願いいたしますね。えっと、拓海さん」

慣れない口調で名前を呼ぶと、拓海はにっこりと笑った。

それから拓海と菫は、好きな小説の話で盛り上がり、時間はあっという間に過ぎた。

趣味がよく合ったから、ということもある。しかし口下手の菫が、こんなふうに自然と会話を楽しむことができたのは、拓海の細やかな気遣いによるところが、やはり大きいだろう。

「いろいろとありがとうございました」

菫が礼を言うと、拓海は慌てたように手を振った。

「お礼を言うのはこちらのほうですよ。お忙しいところを僕に付き合ってくださり、ありがとうございます」

「いえ。今日のことを話したら、桐也さんは喜ぶと思います。桐也さんも、拓海さんのことを信頼できる友だと、そう言っていましたから」

「それはとても光栄です。桐也さんとも、また近くお会いしたいですね」

そう言って、拓海はにこりと笑った。

(友達って、いいな。私も拓海さんと、友達になれるのかな……？)

ふと、そんなことを思う。

学生時代から遊ぶ間もなくアルバイトに明け暮れていた菫には、気安く名前で呼び合うような関係の友人がいない。だからもし、桐也の大切な友人である拓海と、同じように友人関係になれるのなら、こんなにもうれしいことはなかった。

そんなことを考えていると、拓海が伝票を手に立ち上がったので、菫は慌てた。

「あっ、お会計は私が。さっき、本を買っていただいたので」

声を掛けると、拓海はなぜか、驚いたように目を丸くした。

「そんな！　桐也さんの奥様にご馳走《ちそう》してもらうわけにはいきませんよ！」

「いえ。お礼はきっちりしないと」

「あれはお詫《わ》びですから」

「ダメです！　ここは私がお支払いします」

拓海が譲らないので、菫のほうも少し声を強くして主張する。すると拓海は、観念したように息を吐いた。

「わかりました。では、ご馳走になります。しかし、さすがですね」

「え？」

言葉の意図がわからず、首を傾《かし》げる。すると拓海は、まっすぐに菫の目を見て言った。

「さすがは、あの桐也さんが選んだ方だ。奥ゆかしくて、とてもしっかりしていて――こんなに素敵な奥様と結婚をした桐也さんは、幸せ者ですね」

「そ、そんな……」

突然の褒め言葉は、菫の顔を一気に熱くさせた。

そんなことはない、自分にはもったいない言葉だと、口を開こうとするが、声にならない。

「あ、ありがとう、ございます……」

やっとのことで、それだけを言うと、菫は真っ赤になってうつむいた。

自分は桐也の妻として、果たしてふさわしいのか。

そればかりを思い悩む日々だっただけに、拓海からそう言われたことは、胸が熱くなるほど、うれしいことだった。

「あっ、す、すみません。お会計、してきますね」

わたわたと、菫はレジに向かう。

「――本当に、かわいいひとだ」

だから、背後にいる拓海がそう言って、意味ありげに笑ったことには気づかなかった。


その日の夜、いつもの夕飯の時間。

桐也は仕事が立て込んでいるようで、食事を食べに一時帰宅し、そのあとはすぐに現場に戻るという。

今日の夕飯は、春キャベツを使ったロールキャベツだ。桐也の好みに合うよう、ケチャップ味に仕上げた。

「ああ、悪くない」

と、いつものように喜んでくれたが、その表情には心なしか、疲れが滲《にじ》んでいるように見える。

(この時間も、きっと無理をして作ってくれたんだろうな……)

桐也はどんなに忙しくても、夕飯だけは、こうして一緒の時間を過ごしてくれる。

少しでも、おまえと一緒にいたい――。

そう言ってくれるのがうれしくて、彼の言葉に甘えている現状なのだが、最近は少し不安があった。

桐也は、あまり仕事のことを話さない。だから、シンやゴウなど組員たちの会話から推測をするしかないのだが、ここ数日の彼らの言動は、どこか不穏だった。

どうやら獅月組のシマで、何かよくないことが起きているらしい。

(桐也さん、大丈夫かな……)

獅月組の若頭として、常に威厳を保っている桐也。しかしその重圧は、いったいどれほどのものだろうと、菫には想像もつかない。

桐也がいつだって自分のことを気遣ってくれるのは、このうえなく幸せなことだ。しかし同時に、彼に余計な負担をかけさせているのではないかと、菫は思ってしまう。

そんな考えごとをしていると――。

「――何か変わったことはなかったか?」

ふいにそう言われて、菫は慌てて顔を上げた。

桐也が菫に、こうして今日あったことを尋ねるのも、この時間の日課である。

(あ、拓海さんに会ったことを言わないと!)

同業であり、夫の友人である拓海と会って話をしたことは、伝えるべき重要な事柄だろう。

「今日、商店街で拓海さんにお会いしました」

「──拓海に？」

桐也は、箸を持つ手を止めた。

「……珍しいな。どこで会った？」

『のなみ書房』さんでお会いしました。拓海さんは、本がお好きだそうですね」

それを聞いて、桐也は納得したように頷《うなず》く。

「ああ、あいつは読書家だからな。この界隈《かいわい》じゃ珍しいインテリだよ。あんなツラしてるが、敵に回すと一番怖い」

そう冗談めかし、肩をすくめるのを見て、菫も小さく笑った。

「あいつは何か言っていたか？」

「はい。桐也さんによろしく伝えるよう、言付かりました」

「そうか」

桐也は満足そうに頷いて、食事を続けた。

（本をプレゼントされたことと、そのあとにカフェへ行ったことも、話したほうがいいのかな……）

菫は迷ったが、桐也の皿が空になっているのに気づき、思い直した。

プレゼントの礼は済んでいるし、カフェで話した内容は、プライベートなことだ。

忙しい桐也の時間を使ってまで伝えることではないだろうと結論づけた菫は、それで話を切り上げた。

仕事用にしている、黒いフェイスの腕時計をちらりと見て、桐也は手を合わせた。

「ごちそうさま。今日もうまかった」

そう言って食器を運ぼうとする桐也を、菫は立ち上がって制する。

「あとは、私がやりますから。お仕事の準備をしてください」

桐也は「悪いな」と言うと、急いだ様子でジャケットを羽織った。

「菫」

ふいに名前を呼ばれて、振り返る。

「――おまえ、あいつのことを名前で呼んでいたか？」

「？」

一瞬、なんのことかわからず考えてから、拓海のことを言っているのだと思い当たる。

「あ、お会いしたときに、拓海さんからそう呼ぶよう言われたんです。拓海さん、桐也さんのことを大切な友人だとおっしゃっていました。だから、私とも親しくしたいと、そう言ってくださったんです」

拓海が桐也のことを大切な友人だと明言したのは、彼にとって喜ばしいことに違いない
と、菫はそう思って、そのままを伝えた。

「それで、そういうことに――きゃっ」

言い終わらぬうちに、抱き締められる。

「と、桐也さん……？」

名前を呼ぶと、愛《いと》しい夫は唐突に、菫の額にキスをした。

「――そうか」

短い返事からは、その感情は読み取れない。けれど――。

(桐也さん……なんだかいつもと様子が違う……？)

出かけるまえに、こうして抱き締められたり、やさしいキスをされることは、ままある。

しかし今日は何故《なぜ》か、その力がいつもよりも強い気がした。

＊＊＊

郊外にひっそりとある犬飼一家の屋敷《やしき》――。

あれから自宅に戻った拓海は、自室で一枚の写真を見つめていた。

（まるで隙だらけだ……）

文机《ふづくえ》に頬杖《ほおづえ》をつき、眉間に皺《しわ》を寄せる。

おそらく高性能な望遠カメラで撮影をしたものだろう。上品なワンピースを着て、無防備に笑っている黒髪の女性。微笑《ほほえ》みを向けている相手は、おそらく夫だろう。

――日鷹《ひだか》菫。

旧姓を雨宮《あめみや》菫。姉の借金のカタにヤクザに売られ、獅月組の家政婦となる。その後、若頭である日鷹桐也に見初められて結婚――。

（あの桐也さんが、相手に選んだ女……いったいどれほどの女かと思ったのにな）

拓海はどこか拍子抜けした気持ちで、ため息を吐いた。

たしかに見た目は美しい。

可憐《かれん》で儚《はかな》くて、いかにも男の庇護《ひご》欲を掻《か》き立《た》てるようなタイプだ。

しかしあの、日鷹桐也の妻としては、あまりにも気弱で不釣り合いだと、率直に思った。

よくいえば純粋だが、悪くいえば世間知らずで、とてもこの世界でやっていけるとは思えない。

「この調子じゃあ、きっと落とすのは簡単、か……」

写真を見つめながら、拓海は複雑な気持ちで呟《つぶや》いた。

龍咲美桜《りゅうざきみおう》の依頼――それは、桐也の妻である菫を誘惑し、獅月組の内部事情を聞き出して欲しいというものだった。

そのために、今日は偶然を装って彼女を待ち伏せしたのだ。

目的のためには、まず日鷹菫という人間をよく知らなければならない。性格はもちろんのこと、警戒心の度合いや、食の好み、興味関心ごとについて。それから端的に言って男好きかどうかや、金や権力への興味なども、役立つ情報である。

清楚《せいそ》の仮面をかぶっていても、腹の奥にはどす黒い欲望を隠している女は、この世界には少なくない。

彼女はいわば、家政婦から獅月組若頭の妻にまで成り上がった女だ。その育ちを思えば、野心をもってしたたかに取り入った可能性もあると、考えていた。

しかしこの日鷹菫という女は、おそらく本当に無垢《むく》な女なのだろう。

拓海が読書を好んでいるのは本当だが、同じ趣味であるとわかっただけであっさりと気を許し、誘いを断りにくくするために強引に渡したプレゼントを受け取って、まんまと策略どおりについてきた。

会話を誘導するのも容易《たやす》く、少し悲しげな表情を見せただけで、拓海のことをあんなにも褒める始末。

そして口を開けば桐也のことばかりで、その話しぶりや表情を見れば、そこに深い愛情があることは、疑わずとも明らかだった。

そう、それは――嫌気が差すほどに。

(バカな女だ。極道の人間と一緒になっても、幸せになんてなれないのに……)

ある女性の姿を思い浮かべた拓海は、手に持った写真を握り潰しそうになって、ハッとした。

――落ち着け。感情的になっていいことなど、なにひとつない。

自分にそう言い聞かせ、呼吸を整える。

裏社会の情報屋として暗躍する犬飼一家が、男女の色恋を手段にすることは、決して珍しいことではない。そのために結婚相手には、顔貌の美しさを絶対条件とするほどだ。家系を重んじる犬飼一家に自由恋愛は許されず、その伴侶は代々、極道の家から選ばれる。

拓海は一家のひとり息子として育ち、幼いころからその使命を背負って生きてきた。

そのせいか、愛だの恋だのといったことに熱くなる人間の気持ちがわからなかった。

見た目がいいというだけで簡単になびく女や、金やブランド品であっさり男を裏切る女を、数えきれないくらい見てきたせいもある。

愛などというあやふやなものにすがろうとする人間は弱い。

反対をいえば、拓海はそれを信じていないからこそ、強くあることができる。

（そう、僕は愛なんて、信じていない――）

だから女ひとりを騙《だま》すことなど、なんとも思いはしない。

それがたとえ、友である日鷹桐也の妻であっても、だ。

（僕は、僕の使命を果たすだけ――）

だからそこに、罪悪感などはないはずだった。それなのに――。

『そのお名前にぴったりの、海みたいに心が広い、やさしいひとです』

そう言った彼女の無垢な笑顔が、なぜか焼き付いて離れなかった。

＊＊＊

それからまた、数日後のこと。

菫は商店街にある青果店『やのや』へとやって来た。

「さぁ、いらっしゃい！　安いよ、安いよ！」

白髪頭にねじり鉢巻きをした矢野佐太郎《やのさたろう》――通称「やの爺《じい》」と呼ばれている店主が、今日も威勢よく客に声を掛けている。

「おっ、菫ちゃん！　いらっしゃい！」

「こんにちは」

菫の姿に気づいたやの爺が、白い歯を見せた。

「今日は何をお探しだい？」

「りんごをふたつ、お願いします」

「あいよ！　この時季のは小玉だけどね。目利きの俺が選んだやつだから間違いねえよ！」

そう言いながら渡された袋は、たしかにずっしりと重かった。

「ありがとうございます」

菫は礼を言って、食費を分けたがま口の財布を、ぱちんと開ける。

「もし甘さが足りないと思ったら、火を入れるといいよ。焼きりんごにすりゃあ甘くなる。ジャムにするのも、いいかもしれねえな」

「ちょうど、お菓子に使おうと思っていたところでした！　りんごを使ったケーキを焼こうかと」

桐也は相変わらず忙しく、また甘いものでも作ってあげようと、そう考えたのである。

「そりゃあいいや」

釣銭を渡しながら、やの爺がにっかりと笑った。

そして、そんな菫の思惑を知ってか知らでか、からかうように言う。

「菫ちゃんの手作りが食べられるなんて、日鷹の旦那は幸せもんだねぇ」

「そんなこと……」

菫が照れ隠しに謙遜をすると、隣の鮮魚店『うおはる』からも、からっとした声が飛んできた。

「いやいや、幸せもんに違いねえ！」

そう言ったのは、客から「ケンさん」と呼ばれて親しまれている店主、春野《はるの》健次《けんじ》である。

一年中日焼けした肌に、後ろ被《かぶ》りにしたキャップがトレードマークだ。

「ケンさん！　このまえおすすめしてくれたメバル、煮つけにしたらとってもおいしかったです。ありがとうございました」

「いいってことよ！　しかしいいよなぁ、新婚さんは。俺もあやかりてえよ。春は出会いの季節っていうしよぉ」

腕組みをしてしみじみそう言った健次を見て、菫はハラハラとする。案の定――。

「ジジイがいったい誰と出会おうってんだい！」

店内から妻のミツ子《こ》がやって来て、健次の頭をパンとはたいた。

「いってえ！　おめえがそうやって乱暴だからだろ！」

「なんだって？　あたしがいなくなったら、店の帳簿誰が面倒みるんだい？」

そう言ってミツ子が凄《すご》むと、健次は慌てて謝った。

「……みっちゃんの言うとおりだぞ」

低い声が聞こえて健次が振り返ると、その隣にある精肉店『肉のしばもと』の店主、柴《しば》本三郎《もとさぶろう》が、ぬっと立っていた。

「三郎！　いつの間に!?」

「みっちゃん、頼まれた牛肉」

「ありがとねえ！　サブちゃん！　さて、と。今日は奮発してすき焼きにしようと思ったけど、あんたは夕飯抜きだね！」

「そ、そんな！　殺生なぁ～」

健次がすがるが、ミツ子はふいとそっぽを向いた。

この夫婦喧嘩《げんか》は『うおはる』のいわばお家芸で、そのやりとりを見た買い物客たちからも、どっと笑い声が起きる。

「んっとにおまえは相変わらずだよ」

「みっちゃんは、苦労するな」

やの爺と三郎は、そう言って顔を見合わせた。

聞くところによると、彼ら四人は、昔からの友人同士らしい。

（ふふっ。やの爺さんたち、本当に仲良しだな）

その様子を見て、菫は微笑ましい気持ちになる。

「それじゃあ、また来ますね」

そう言って礼をすると、やの爺たちも「ああ、またな！」と手を振ってくれて。

やっぱりこの場所が好きだなぁと、菫は思うのだった。


（やっぱり、パウンドケーキがいいかな。アップルパイは、まだ私には難しそう……）

そんなことを考えながら、菫はスーパーへと向かっていた。

ケーキに使うための、薄力粉やバターが足らず、それらは商店街の店舗では揃《そろ》えられないため、足を運ぶ必要があったのだ。

スーパーは、商店街を抜けてしばらく歩いたところの駅前にある。そこに行くまでには、人気の少ない路地を通る必要があり、暗くなってからの時間は注意するようにと、桐也から言われていた。

その道に足を踏み入れると、やはり人通りはまるでない。

道のあちらこちらには「ひったくりに注意」だの、「夜道は危険」だの、物騒な見出しの看板が立てられていて、その文字を見ると、少し不安な気持ちになった。

しかしいくらなんでも、日の明るいうちに危険なことは起こらないだろう。菫はそう思って、歩き出した。

コツ、コツ、コツ——と、菫のパンプスの音だけが小さく響く。

周りに誰もいないことは、かえって安心の材料となり、菫の警戒心は、だんだんと消えてしまった。

(うん、やっぱりパウンドケーキにしよう。ホイップクリームも添えたら、桐也さん喜ぶかも……)

再び考えごとをはじめた菫は、記憶のなかにあるレシピを思い浮かべ、必要な材料を頭のなかで復習する。

そうしてしばらく歩いた、そのときだ。

タッタッタッ——。

すっかり上の空になっていた菫の耳に、背後からの足音が聞こえた。

(誰か、来た？)

その足音は急いでいるようで、狭い道を譲ろうと、菫は立ち止まり振り返った。

――え？

その姿に、思わずぎょっとする。

速足でこちらに向かっているのは、ニット帽を目深にかぶった男だった。動揺したのは、その姿が全身真っ黒であったから。

そして服装だけではなく、その様子がどこか異様だった。ただ急いでいるだけではなく、まるで、何かに急《せ》き立《た》てられているようで――。

咄嗟《とっさ》に胸騒ぎがした菫は、踵《きびす》を返して走った。男の目が、一瞬だけ菫を見たような気がしたからだ。

路地を抜けるまでは、あと数十メートル。男が不審者でなければ、それはとても失礼な態度をとったことになるが、気のせいであれば、それでいい。

だがしかし背後の足音は、菫が走り出したのに合わせて速くなった。

「っ……」

振り返った菫は、息を呑《の》む。

男の手に、ナイフが光っていたのだ。

「うおおおお！」

菫がそれに気づいた刹那、男が雄叫《おたけ》びをあげた。

右手にナイフを構えて、こちらへと向かって来る。ターゲットは、明らかに菫だ。

「た、助けてっ」

叫ぼうとしたが、声にならない。

（とにかく人通りのあるところまで逃げないと――）

菫は必死で走った。しかし足音は間近へと迫ってくる。

「あっ」

菫の体がぐいと後ろに引っ張られた。男に腕を掴《つか》まれたのだ。

「やめてくださいっ！　放してっ」

必死で抵抗するが、男の強い力からは逃れられない。アスファルトに、真っ赤なりんごがごろごろと転がり落ちた。それに気を取られたのか、男の手が一瞬だけ緩む。

その隙を狙って、男の体を押し返す。菫は再び走り出そうとしたが、反動で足がもつれ、地面に倒れ込んでしまった。

「痛っ……」

むき出しの脚に激痛が走り、思わず顔をしかめる。

すると同時に、ザッと地面を蹴る音がして、ナイフを振り上げた男が物凄《ものすご》い勢いで菫に飛び掛かった。

「っ……」

もう、ダメだ──と、菫は目を閉じる。その瞼《まぶた》の裏に、愛《いと》しい夫の姿が浮かんだ。

（桐也さん！）

心の中で名前を呼んだ、そのときだ。

「危ないっ！」

菫の体が、あたたかいものに包まれた。

菫は、ゆっくりと目を開ける。

想像を絶する痛みを覚悟したが、しかし──その痛みは体中の、どこにもなかった。

（私……どうなって……）

事態が把握できずに混乱していると、頭上から「うっ……」とうめき声が聞こえ、ハッと我に返る。

と、同時に。さっきの声に、聞き覚えがあることに気づいた。

「!?」

菫に覆いかぶさるようにして、その身を護《まも》ってくれた男。

それは──拓海であった。

「拓海さん！　どうして……」

「だ、大丈夫ですか……菫さん……」

拓海は右腕を押さえながら、弱々しい笑みを浮かべた。

「拓海さんこそ！　お、お怪我《けが》はっ」

「僕は……平気です……つっ……」

立ち上がろうとして、拓海はがくりと膝をついた。

「拓海さんっ！」

慌てて、彼を支える。

するとその手に、ぬるりと生温かいものが触れ、菫は鋭く息を呑んだ。

拓海のジャケットの袖は、肘のあたりから手首までざっくりと切り裂かれ、むき出しになった傷口から、どくどくと血が流れている。

「ち、血が……」

「早く病院に行かないと！　きゅ、救急車を……」

震える手でスマホを取り出そうとする菫の手を、拓海が制した。

「大丈夫です……それより……」

立膝をつき、ゆっくりと顔を上げる。ぎろりと睨《にら》んだ視線の先には、黒ずくめの男が立ち尽くしていた。

「……てめえ……どこの組のもんだ⁉」

菫の肩が、びくりと上がる。

普段の拓海からは想像もできない、ドスの利いた低い声。そしてその目には、激しい怒りが宿っていた。

「このひとがどこの誰だか、わかっていてやったんだろうな？」

右腕を押さえながら、ゆらりと立ち上がる。

「あ……ああ……」

男は震えていた。

キン——と、甲高い音がして、その手からナイフが落ちる。

「す、すみません！　すみませんっ！」

そして男は、転げるように走り出した。

「待てっ！　つっ、うっ……」

拓海は追いかけようとしたが、体がぐらりと揺れ、再び膝をついた。

「拓海さん！　ダメです！　傷口がっ」

「放してください！　あいつを追いかけないと……うっ」

「拓海さんっ！」

　菫の腕から逃れようとする拓海を、力を込めて引き留める。

「病院に行きましょう！　すぐ、救急車を呼びますから」

「……ダメです！」

「どうしてですか⁉」

　電話をかけることをまたも止められて、菫は思わず強い口調で叫んだ。

「……僕は……病院には行けません」

　その言葉に、菫はハッとする。

　それは、桐也からも聞いたことがある話だった。

　極道の人間は、何かあっても病院に飛び込むことはできない。組員の立場によっては、怪我や病気の情報が、即《すなわ》ち組の弱みになりうることがあるからだ。

　――俺に何かあったときは、幹部の組員に連絡をしろ。

　桐也に言われた言葉を思い出す。

「――わかりました。それではうちの者に、連絡をしてもいいですか？」

　拓海が頷《うなず》くのを待って、菫は幹部へと連絡をする。ことのしだいを説明し、これからどうするべきかの判断を仰いだ。

「はい、はい……わかりました」

常に有事に備えているのだろう。幹部の説明は的確だった。ひとつひとつ、頭のなかで復唱しながら、菫は自分のやるべきことを整理する。

「──すぐに迎えが来ますから、まずはうちへ。お医者さんも至急手配してくれるそうです」

電話を切ったあとは、鞄《かばん》からハンカチを取り出すと、素早く止血をした。

「素人なので、うまくはできませんが」

「あ、ありがとうございます……」

よほど痛みが強いのだろう。動くたびに顔をしかめる拓海に寄り添いながら、菫は迎えを待った。

＊＊＊

「菫！　大丈夫か!?」

組員から知らせを受けた桐也は、客間の和室へと飛び込んだ。

そこには治療を終え、右腕に包帯を巻いた拓海と、彼に寄り添うようにして世話をする菫の姿があった。

「桐也さん!」

顔を上げた菫が、拓海の右腕に触れていることに気づき、どくりと心臓が脈打つ。

しかしすぐに、取れかけた包帯のテープをつけ直していただけだとわかり安堵《あんど》した。

(こんなときに、俺は——)

ぎりり、と唇を噛《か》んだ。

菫が刃物で襲われ、それをかばった拓海が負傷をしたとの知らせを受けたとき、桐也は正気ではいられなかった。

——菫は無事か? 彼女を襲った輩《やから》はどこのどいつか? 拓海の傷は?

獅月組若頭の妻を狙った犯行となれば、これは真っ向からの宣戦布告である。しかもそれで、次期組長の立場にある犬飼一家の若頭が負傷をしたのだ。

こととしだいによっては、すぐにでも抗争に発展する一大事である。

それに何よりも、愛する妻を護れなかったという事実に、心が追い付かなかった。

「私は大丈夫です。それより、拓海さんが私をかばって怪我を」

「傷は深いのか?」

悲痛な面持ちで、菫が頷く。

「血は止まりましたが、しばらく日常生活には支障が出てしまうだろうと――」

「平気ですよ」

菫の言葉を遮って、拓海が言った。

「これくらいの傷。この世界にいる人間ならば、常に覚悟はしています」

拓海は、いつもの爽やかな笑みを浮かべて言った。桐也に心配をさせまいとしているのだろう。その心遣いを、相変わらずの彼の人柄を目の当たりにして、胸が詰まった。

「菫を助けてくれて、本当に感謝している」

がばりと手をついて、頭を下げる。

「桐也さん！　顔を上げてください！　あの場にいたら、当然のことをしたまでです」

拓海はそう言ったが、彼に菫を助ける義理はない。

犯人が菫を狙ったことは明らかだ。いわば、無関係の抗争に巻き込まれる可能性のあるこの状況で、賢明な判断をするのなら、見殺しにすることもできたはずである。

組を護る若頭という地位にあり、まして跡目を継ぐことが約束されている拓海が、その判断をしたとて、桐也は責めるべき立場にはない。

それを拓海は、自らを犠牲にしてまで、菫の命を護ってくれたのだ。

そう、命――。

彼女を失っていた可能性を、あらためて実感し、ぞくりと鳥肌が立つ。

「すまない……本当に……」

ひたすら自分が不甲斐《ふがい》なく、桐也はうつむいて、膝に置いた両の拳を震わせた。

「いえ、ただ――その謝罪は菫さんにしてください」

静かな怒りを含んだ、低い声。顔を上げた桐也は、息を呑《の》む。

拓海の顔から笑みが消え、その目は鋭く、桐也を睨みつけるような表情に変わっていた。

「今回の件は、桐也さんにも原因があると、僕は思います」

「拓海さん！　どういうことですか⁉」

菫が声を上げたが、拓海はそれには答えず、こちらを向いたまま話を続けた。

「菫さんは、あなたの妻ですよ？　いま獅月組の界隈《かいわい》で物騒な話が後を絶たないという情報はうちにも入っています。そんな状況で、いくら昼間とはいえ彼女を護衛もなしにひとりで歩かせるなど、正気の沙汰じゃない。あなたともあろうひとが、軽率すぎます！」

「…………」

言葉が出なかった。何もかも、拓海の言うとおりだったからだ。

「拓海さん！　違います！　桐也さんは普段から、私に護衛や迎えの車をつけると言ってくださっていました。それを断ったのは、私のほうなんです！」

菫の言葉は、嘘《うそ》ではない。若頭の妻という、その身を狙われる危険性の高い彼女の身を案じて、桐也からそう提案したことは多々あった。

しかし菫は大げさだと、そして、自分なんかのために忙しい組員たちの手を煩わせるわけにはいかないと、そのたびに断った。

それが遠慮ではなく、彼女の本心であるとわかったからこそ、桐也はそれ以上、強く言うことができなかった。

何よりも、彼女が「大げさ」だと言う護衛や迎えをつけて、世間で肩身の狭い思いをさせたくなかったのだ。

極道の世界に引き込んでしまった彼女に、少しでも普通の生活をしてほしくて――。

しかし、それが言い訳にはならないことを、桐也自身が一番よくわかっていた。

「桐也さんのことですから、堅気の人間だった菫さんに、気を遣ったのでしょうね。でも、それはあなたのエゴだ」

拓海はそれを見透かしたように、鋭い声で言い放った。

「――ああ。そのとおりだ」

真に菫の身を案じるならば、彼女の気持ちを無視してでも、護衛をつけるべきだった。

「桐也さんっ」

菫が悲痛な声で、名前を呼ぶ。しかし桐也は、拓海から目を離さなかった。

「今回の件は、すべて俺の落ち度だ。菫を危険な目に遭わせたことも、おまえに怪我《けが》をさせてしまったことも……この落とし前は、俺が必ずつける」

桐也は顔を上げて、菫と拓海の両方を見つめた。

「僕にも協力をさせてください。女性に刃物を向ける卑劣な連中を許すことはできません」

「恩に着る。こんな目に遭わせておきながら、本当にすまない。この借りは、必ず返す」

「僕と桐也さんの仲です。そんな仰々しい約束は、いりませんよ」

そう言って小さく微笑《ほほえ》む拓海は、いつものように柔らかな表情に戻っていた。

「ただ、貸し借りだというのなら、ひとつお願いがあります」

「ああ、なんでも言ってくれ」

拓海は、その薄茶色の瞳でじっと桐也を見据えると、静かに言った。

「菫さんを、うちに寄越してください」

「なっ……」

息を吞み、言葉を失う。

「どういう、ことだ」

「見てのとおり、僕は利き手を負傷してしまいました。咎《とが》めるわけではないですが、おそらく日常生活にも支障が出るでしょう。僕ひとりのことなら、なんということもありませんが、うちには年老いた組員たちもいる。菫さんは、以前に家政婦として働いていたそうですね。その腕は、かなりのものだったとか」

拓海は邪気のない顔で、にこりと笑った。

そういうことかと、桐也は合点する。犬飼一家は、そのシノギの性質上、安易に外部の人間をなかに入れることはできない。だからこそ、「借り」という大義名分の立つ菫であれば、たとえ同業であろうとも、いや、同業だからこそ、安心のできる相手となるのだろう。

道理は、わかる。

しかし心がついていかず、桐也は黙り込んだ。

菫は、どう思っているのだろうか。

犬飼一家の事情は知らずとも、聡《さと》い彼女であれば、拓海から求められた自らの役割を察したはずだ。そしてきっと、不安になっているだろう。

そう思い、菫の顔を見た桐也は、思わぬ眼差《まなざ》しとぶつかって、ハッとした。

彼女の透き通るような紫黒色の瞳が、力強くこちらを見ていた。そこに恐れや迷いなどは、まるで感じられない。それどころか、覚悟を決めたような強い光が宿っていたのだ。

(菫……)

しかしその凛々《りり》しい表情とは裏腹に、膝の上で握った手は、やはり小さく震えていた。それを悟られまいとするように、片方の手でぎゅっと押さえ込む仕草を見て、桐也は思わず唇を噛み締めた。

(俺がしっかりしないで、どうする)

桐也は小さく息を吐き、顔を上げた。

「……それは、菫に犬飼一家の家政婦として働いて欲しいと、そういうことか？」

「はい。住み込みで身の回りの世話をしていただけると、大変助かります」

「住み込み？　それは――」

いくらなんでも菫の負担が大きすぎる――そう言おうとしたが、桐也の脳裏にある考えが浮かんだ。

小さく目を見開く桐也の、その思考を察したように、拓海は視線をじっとこちらに向ける。

「ええ、そのほうがいいと僕は思います」

その顔にさっきまでの笑みはなく、薄茶色の瞳が意味深に光っている。

（やはり、そういうことか——）

獅月組にいる限り、またいつ菫に危険が及んでもおかしくはない。ならば、いっそ犬飼一家にかくまわれていたほうが安全だと、そう言っているのだろう。

近ごろ界隈が物騒なことになっているというのは本当だ。

獅月組が管轄する店で乱闘騒ぎがあったり、下っ端の組員が因縁をつけられて喧嘩《けんか》沙汰を起こしたりと、様々なトラブルが後を絶たない。

そのため店の警備を強化することはもちろん、毎晩のように起こる揉《も》めごとを収めるためにも、現場に多くの人員を割く必要があった。

当然、桐也はそのすべての指揮を執らねばならず、どうしても菫に付きっきりになることは難しい。

そんな状況で、もし手薄になった事務所を襲撃でもされたら——そう思うと、さっと血の気が引いた。

もう二度と、菫をこんな目に遭わせたくない——。

ならば、結論はひとつだ。

桐也は強く両の拳を握り、拓海の顔を見据えた。

「——おまえの言いたいことはわかった。俺は獅月組の若頭として、菫の夫として、その条件を飲む」

　菫を自分の手で護《まも》れなかった不甲斐なさ、ずっと手元に置いておきたいという独占欲、そしてちりちりと身を焼くような嫉妬心。

　様々な想《おも》いが綯《な》い交《ま》ぜになり、感情はもう、ぐちゃぐちゃだった。

　しかしもう、間違えたくない。自分のエゴで、彼女を危険にさらすような失態はおかさないと、その想いだけが彼を支えていた。

　それにこれは、おそらく彼女の希望でもある。

「っ……」

　自分で提案をしておきながら、なぜか拓海は小さく息を呑んで言った。

「それで……いいんですね？　本当に」

「ああ。菫、引き受けてくれるか？」

　桐也は菫に向き直り、その目を見据えた。

「わ、私は……」

　その先の答えを想像して、桐也は目を閉じた。

　彼女の答えなら、本当は聞かなくともわかる。

　さっきの瞳が、すべてを語っていた。

聡明《そうめい》で思慮深く、思いやりに満ちた心を持つ菫。

そんな彼女の答えは、きっと――。

「――ぜひ、やらせてください！」

ああ、やはり。

桐也は目を開けて、ふ、と笑った。

「拓海さんが怪我をしたのは、私のせいです。ですから、このケジメは――私が、きっちりつけます！」

まっすぐに拓海の目を見て、きっぱりとそう宣言する彼女の表情は、今までとは見違えるように、きりりと力強い。

だから桐也は、自分の不甲斐なさも、独占欲も、嫉妬も、すべて飲み込んで――。

「菫、よろしく頼む」

と、深く頭を下げたのだった。

第四章　犬飼一家

郊外にひっそりと建つ、風情ある日本家屋。

街の中心地から離れ、緑に囲まれたその場所に、犬飼一家《いぬかいいっか》の屋敷《やしき》はある。

その力を誇示するがごとく、極道は目を見張る大豪邸を住処《すみか》にしていることがほとんどであるが、犬飼一家の屋敷は質素でこぢんまりとしていた。

その屋敷の主《あるじ》である拓海《たくみ》は、客人を迎えるため自ら玄関の掃除をしていたのだが、そこから台所へと続く長い廊下を、バタバタと走る音がして顔を上げた。

「坊ちゃん。拓海坊ちゃん！」

慌てて拓海を呼んだのは、世話係兼運転手の鶴間半蔵《かくまはんぞう》だ。

「なんですか？　半爺《じい》」

「お茶のご用意は、いかがいたしましょうか？　煎茶でよろしいですか？　それとも、冷たいジュースのほうが――」

「いつもの茶で構いません。それよりなんですか？　その格好は……」

拓海はため息を吐く。

齢《よわい》七十になろうかという白髪頭の翁《じじい》が、おそらく新調したのであろう洒落《しゃれ》たスーツを着て、そわそわとしている。

「……執事にでもなったつもりですか？」

「世話係ですから。そう言い換えても問題はございませんかと」

若いころは名うての美丈夫として知られた半蔵はそう言って、にっこりと笑った。

一見すると極道には見えない穏やかな雰囲気。この年齢には珍しく百八十はゆうに超える長身で、腰もまだ曲がっていない。

たとえその額に、歴史を物語る古傷があったとしても――そんな半蔵が、黒いベストを着てジャケットを羽織れば、たしかに洋風の執事に見えないこともなかった。

しかしそんなことを言えば、すぐに調子に乗るだろう。

「とにかく落ち着いてください」

「そうは言ってもですね。うら若きお嬢様が、我が一家のお世話をしてくださると聞いては、居ても立ってもいられず。失礼のないよう、丁重にお迎えをしなければ……」

「出迎えなら僕ひとりで十分ですから。半爺は離れに戻っていてください」

拓海は、そっけない口調で言い放つ。

本当を言うと、落ち着かないのは拓海のほうであったが、しかしその理由は、彼にも話すことはできなかった。

(本当に、これでよかったのだろうか……)

あのとき咄嗟《とっさ》に、菫《すみれ》を家政婦としてうちに寄越して欲しいと言ってしまったが、その想いは複雑だった。

あんなにも頼りなく、か弱く、隙だらけの妻を、護衛もつけずひとりにさせた桐也《とうや》に対して、怒りが沸いたのは本当である。

このまま獅月組《しづきぐみ》に置いておくよりも、うちでかくまったほうが安全だと、そう思った。

(彼女を護りたい？　この僕が？　いや、違う。これは、ただの、任務の一環だ……)

菫とひとつ屋根の下で暮らすこと。ターゲットを誘惑するために、こんなにもいい条件はない。今回の事件は、龍桜会《りゅうおうかい》の依頼を果たすのに思いがけない好機だ。

(そう、だから、この機会を逃す手はない……)

「ああっ！　坊ちゃん！」

拓海がそんなことを思っていると、唐突に半蔵が叫んだ。

「どうした!?」

「大変でございます！　おやつが！」

「はい。ただいま我が家にありますおやつは、塩大福と胡麻《ごま》煎餅でございまして。茶請けにはようございましょうが、うら若きお嬢様にお出しするには少々爺《じじ》くさいかと」

「半爺」

「やはりもっとかわいらしい、マカロンなどをご用意したほうがよろしいでしょうか？　しかしマカロンというのはいったいどこで買えば――」

「……半爺！」

拓海はいつになく鋭い声で、世話係の名前を呼ぶ。

「はい、拓海坊ちゃん！」

「――もう戻ってください」

離れのある方向を指差すと、半蔵の白髪眉がしょんぼりと八の字になった。

「あい、承知いたしました……」

「あっ、それから！」

「はい！　なんでございましょう！」

半蔵は嬉々《きき》として振り返ったが――。

「くれぐれも、彼女のまえで坊ちゃんと呼ばないでくださいね！」

「……おやつ？」

またもぴしゃりと言われ、肩を落とすのだった。

＊＊＊

犬飼一家の屋敷に到着した菫は、門の前に立ちひとつ深い呼吸をした。

――これから自分は、この家の家政婦として働くのだ。

そう思ったら、少し、手が震えた。

もちろん勝手は違うだろうが、炊事や洗濯など、家事仕事はすぐに慣れるだろう。しかし自分は、淡々とそれらをこなしていけばいいだけの家政婦ではない。

（私がしっかりしなくちゃ、獅月組にも迷惑が掛かってしまう）

これは桐也の妻としての、いや、菫自身のケジメだ。

あのとき、拓海に責められていたときの、桐也の顔を思い出す。今までに菫が見たことのない、まるで彼のほうが深い傷を負ったかのような、悲痛な表情だった。

いつだって凛々《りり》しく堂々としている桐也に、あんな顔をさせてしまったのは菫である。

菫が若頭の妻として不甲斐《ふがい》ないばかりに、通りがかりの拓海に傷を負わせ、桐也の顔まで潰してしまったのだ。

もし自分があのとき、護衛や迎えをつけるという桐也の言葉を素直に受け入れていれば、こんなことにはならなかったのだろうか――。

(でも、私……護られるだけの存在でいたくなかった……)

桐也には伝えていないが、彼の提案を断ったのには、そういう理由もある。

しかし、その結果がこれだ。

(私にできることって、いったいなんなんだろう……)

それが、菫にはまだわからない。

だからせめて、この件に関しては菫自身がきっちりとケジメをつけたかった。

(――よし)

拳をぎゅっと握り締めてから再び深呼吸をすると、菫は門に備え付けのインターフォンを押す。

「ごめんください。日鷹《ひだか》です」

挨拶をすると、ガチャリと厳重な鍵が開けられる音がして、戸が開いた。

「ようこそいらっしゃいました」

スーツ姿の犬飼拓海が、うやうやしく菫を出迎える。

「このたびは、私が至らぬばかりに申し訳ありませんでした」

菫は深く腰を折って、まずは謝罪の言葉を口にした。

犬飼一家を支える若頭である拓海が、あろうことか利き手に傷を負ったのだ。どんなに厳しい言葉も覚悟しなければならないと、菫はぎゅっと目を閉じた。しかし――。

「顔を上げてください。菫さん」

頭上に降ってきたのは、やさしい声。

言われたとおり顔を上げると、そこにはにこやかに笑う拓海がいた。

その笑顔に少しほっとしたのも束《つか》の間《ま》、袖口から覗《のぞ》く白い包帯を見て、ハッと息を呑《の》む。

「さぁ、どうぞ。上がってください。まずはお茶でも」

拓海の物腰は、いつものように柔らかく、言葉遣いも丁寧だ。しかし彼のやさしさに甘えてはいけないと、菫はあらためて姿勢を正した。

案内されたのは、和室の客間だった。

床の間には書の掛け軸と日本刀が飾られている。こざっぱりとした部屋には塵《ちり》ひとつなく、真新しい藺草《いぐさ》の香りが鼻を抜けた。

拓海に座るよう促されたが、菫はその場で三つ指をつく。

「本当に申し訳ありませんでした」

再び頭を下げると、拓海が駆け寄った。

「やめてください！　顔を上げて！」

「私でお役に立てるかはわかりませんが、家政婦としてしっかり働かせていただきます」

今度はすぐにおもてを上げるわけにはいかないと、菫はそのままの姿勢を保ちながら言い切る。すると、肩にやさしく手が触れた。

「あなたは本当に誠実なひとだ。わかりました。あなたのその想《おも》いは、こちらもしっかりと受け止めさせていただきます」

そう言われて、ようやく顔を上げる。すると、拓海がやさしく微笑《ほほえ》んでいた。

「これからの話をしましょう」

菫は「はい」と頷《うなず》くと、漆塗りの座卓を挟んで、拓海と向かい合う。

「まず菫さんには、部屋をひとつ用意しました。寝泊まりはそこでしてください」

「ありがとうございます」

と、菫は小さく頭を下げた。

外からはこぢんまりとして見えた犬飼一家の屋敷だが、なかに入ると奥行きがあり部屋数も多かった。この広さであれば、獅月組がそうであるように、使用人用の部屋が用意されているのだろう。

「生活に必要なものはひととおり用意しておきましたが、もし足りなければ言ってくださいね。部屋のなかのものも、自由に使ってもらって構いません。菫さん用の着替えも用意しました。箪笥《たんす》のなかにありますから、どうぞ着てください」

（着替え……？）

使用人用に決められた制服でもあるのだろうか。菫は疑問に思ったが、話はそのまま流れてしまった。

「──以上が、菫さんの身の回りについての案内ごとです。何か、不便はありそうですか？」

「いえ、とんでもないです」

菫は慌てて首を振る。

不便どころか、まるで客人としてもてなされているかのような待遇だ。

自分のことなど、後回しで構わないのに。そう思いながら、あらためて礼を言ったあと、仕事の話を進めるため、今度は菫のほうから口を開いた。

「それでは、こちらの仕事について、決まりごとがあれば教えてください」

「仕事の決まりごと、ですか？」

菫は、はいと頷く。

ひとくちに家事と言っても、その家によって様々な日常生活のルールがある。まして犬飼一家は極道の家だ。組員たちの生活パターンや、入ってはいけない部屋など、尋ねれば細かい決まりごとがたくさん出てくるだろう。

「まずは食事の時間を教えてください。それから掃除をする部屋の場所と――」

「何もしなくて構いませんよ」

言葉を遮るように拓海が言い、菫は「え」と首を傾げた。

「……それは、どういうことですか？」

「そのままの意味です。菫さんは、この家で何もしなくて構いません」

知らぬうちに何か失礼なことをして、拓海を怒らせてしまったのだろうか。

咄嗟にそう思って、体が冷たくなる。

「菫さん」

「は、い」

しかし目の前にいる拓海は、にこやかに笑っていた。そして居住まいを正したあと、菫の目を見据えて、こう言ったのだ。

「僕はあなたに、心と体を休めて欲しいんです」

「え……」

（や、休む……？）

拓海の言わんとすることが、わからない。

「世話係の鶴間は、優秀な男でしてね。仕事はもちろん、家のこともすべて彼に任せているのです。だから本当は、僕ひとりが怪我《けが》をしたところで、生活に不便はないんです」

「で、ではなぜ、私を家政婦として――」

「その件に関しては、僕はあなたに謝らなければいけません」

「謝る？」

「はい。そう言ったのは、菫さんをうちに呼び寄せるための口実でした。その口実を作るため、貸し借りなどという言葉を使ってしまったことをお詫《わ》びいたします」

――菫を家政婦として働かせることが、犬飼一家に呼び寄せるための口実？

それだけを聞けば、拓海に何か企《たくら》みがあるのかと、警戒をするべき場面だ。しかしその理由は、菫の心と体を休ませるためだと、彼は言っていた。

（どういう、ことなの……？）

これは桐也も承知していることなのだろうか。そう考えて、ハッとする。

菫を襲った犯人がわからない以上、獅月組は常に万全の注意を払わなければならない状況だ。しかし桐也や組員たちの現状を見る限り、菫ひとりに警備の人員を割くことは、難しいだろう。

(桐也さんは、私を拓海さんのもとでかくまってもらうためにここへ……？)

あのときの会話ではわからなかったが、菫の知らないところで、拓海と桐也とで話がついていたのかもしれない。

どんな状況であっても自分を気遣ってくれる桐也を想い、菫は胸に手を当てた。

「菫さん。あなたはつい最近まで、堅気の人間だったひとだ。そんなひとが、こんな目に遭って……どんなにか恐ろしかったでしょう」

「………」

声が出なかった。その言葉を聞いて、ナイフを手にした男が襲い掛かってきたときの映像が、菫の脳裏にまざまざと浮かび上がってしまったからだ。

ずっと押し殺してきた、恐怖。

本当は、泣きたいほどに怖かった。でも、こんなにも不甲斐ない自分に涙など流す権利はないと、そう思ってずっと堪《こら》えていた。

その目に涙が浮かび、ぽたりと雫《しずく》が落ちそうになって、菫は慌ててぎゅっと拳を握る。

(いけない……！)

犬飼一家にやって来たのは、自分の犯した失態の責任を取るため、そして桐也の妻としてのケジメをつけるためだ。

たとえそれが、桐也や拓海の本来の意図ではないとしても、これは菫自身の譲れない気持ちなのだ。

だから、泣いている暇なんて、ない――。

菫はハンカチを取り出す間もなく、人差し指で涙をぬぐい、きっと顔を上げた。

「菫……さん……？」

「でも、私は平気です」

「えっ」

「お気持ちはありがたく頂戴いたします。でも、心と体を休めるというなら、それは拓海さんのほうです」

「僕が？　なぜ――」

拓海は戸惑ったような表情で苦笑いをした。

「なぜって、怪我をしているのは拓海さんです。しかもお父様が亡くなられたばかりで、当主としてのお仕事も一手に引き受けているとお聞きしました。体が弱った状態で、それはあまりにも無茶です」

「そんなこと、僕だって平気です！」

拓海は張り合うように、声を大きくしたが、菫もひるまずに言う。

「いえ。ゆっくりお休みになられるべきです。だからどうか、家政婦の仕事だけはさせてください。私はそのために来たのですから。拓海さん――」

菫は一度言葉を切り、まっすぐに彼のほうを見た。

「怪我をしたときくらいは、いっぱい甘えてください」

そう言うと、拓海はぐっと押し黙り、少し動揺したように菫から目をそらした。

（なんだか偉そうなこと言っちゃったかな。でも、やっぱりこれだけは譲れないから……）

しばらくの沈黙のあと、拓海はこちらを見ないまま口を開く。

「そ、そうですね。当の僕が疲れ果てていて、あなたを護ることができなかったら、元も子もない」

「護る……」

菫は呟《つぶや》いたが、拓海は答えずに、ようやくこちらを向いた。

「わかりました。それでは僕のほうもゆっくり休ませてもらいます。ですが今日くらいは、菫さんのおもてなしをさせてくださいね」

首を小さく傾けて、にっこりと微笑むその表情は、彼が見せるいつものそれで、菫はようやく、ほっと息を吐いた。

(おもてなしなんて、してもらうような立場じゃないけれど……)

どんなときも思いやりに溢《あふ》れる彼のことだ。これればかりは、断り切れないだろうと思い、菫は「はい」と頷いた。

今日だけは、拓海の言葉に甘えよう。そして明日から精一杯働いて、自分の役割を果たすんだ——。

菫はそう胸に誓うが、その決意は後日、早くもくじけてしまうのだった。


「やることが……ない……」

菫は思わず、心の声を口に出してしまった。

とはいえ、今はこの広い部屋にひとりきり。大きすぎる独り言を口にしたところで、何も問題はないだろう。

菫が犬飼一家にやって来て、数日が経《た》った。

——僕はあなたに、心と体を休めて欲しいんです。

菫をこの屋敷《やしき》へ呼び寄せた拓海は、その本心をこう言った。

そして言葉どおり、菫はここ数日ずっと、ほんとうに何もしていないのだ。

（おもてなしって、あの一日だけのことじゃなかったの……？）

菫は困惑しながら、屋敷にやって来た日から、今日までのことを思い返す。

菫に与えられた部屋は、自分の立場にはもったいないくらいの、広い和室の客間だった。床の間には、季節の生け花まで飾られている。部屋に置かれている家具は、すべて木製の年代物だ。

部屋のなかのものは好きに使って構わないという拓海の言葉に甘え、持参した着替えをしまおうと、箪笥の上段を開けた菫は驚いてしまった。

なかに入っていたのは、新品の洋服と着物。

拓海はそれを、菫のために用意した着替えと言ったが、それらは菫でもひとめ見てわかるような、上等な代物ばかりだった。

拓海が用意した着替えとは、てっきり使用人用の制服か何かだろうと思い込んでいた菫は、誰か別のひとのものが紛れ込んでいると思い、慌てて拓海を呼んだ。このときはもちろん、まだ決意どおり家政婦として働く気でいたからだ。

しかしやって来た拓海は、まるで当たり前のようにこう言った。

——これはあなたのために買ったものですから、すべて差し上げます。

菫は困惑した。当然、そんなものを貰《もら》う理由はない。着替えは十分に持ってきたし、洗濯をさせてもらえるのであれば足りなくなることはないと何度も訴えたが、うちに女性はいないので返されても困りますと、いつもの笑顔でかわされてしまったのだ。

その夜は、拓海が懇意にしているという料亭の馳走《ちそう》でもてなされ、客用だという温泉さながらの檜風呂《ひのきぶろ》に入らせてもらった。

寝間着はもちろん持参していたが、浴衣を手渡されたのでそれを着て、部屋に戻った菫は、また驚いてしまう。

そこにはふかふかの布団が敷いてあって、あとは眠るだけの状態になっていたのだ。

そんなふうにして、拓海からなかば強引にもてなされ一日を終えた菫は、そのまま早々に床についた。

さすがにこれではいけないと、翌朝は早起きをして台所へと向かったのだが――。

「おはようございます。お嬢様」

おたまを片手に立っていたのは、白髭《しらひげ》にスーツ姿の老爺《ろうや》。

「えっ、し、執事さん!?」

――ではなく。

「はじめまして。わたくし今日から菫お嬢様のお世話を担当いたします。鶴間半蔵でございます」

拓海の言っていた、有能な組員だという鶴間半蔵が、深く辞儀をした。

「おっ、おじょう、さま……？」

「もうすぐ朝食の用意が整いますので、しばしお待ちくださいませ」

状況が把握できず呆然《ぼうぜん》としていると、いつの間にか拓海がやって来て、またも強引に居間の長机へと座らされてしまう。そしてあっという間に豪華な和食の朝食が用意され、それで菫はようやく悟ったのだ。

拓海は本気で、菫に何もさせない気なのだと。

彼がそこまでして、家政婦の仕事をさせようとしない理由が、菫にはわからない。

とにもかくにも、その日から、菫の何もしない日々がはじまったというわけである。

「なんだか集中できないな」

ここ数日のことを振り返っていると、頭がぼうっとしてしまって、暇つぶしに読もうと開いた読みかけの単行本を、菫はぱたりと閉じた。

どうしてだろうか。時間は有り余るほどあるというのに、この家に来てから、大好きな読書もはかどらない。

目の前には半蔵が用意してくれたおやつがあって、カラフルなマカロンが淹《い》れたての緑茶と共に並んでいる。

（まるで旅館にでも泊まっているみたい……）

旅行などしたことのない菫に、本当のところはわからないが、きっと、こんな感じなのだろう。

半蔵の料理は舌がとろけるほどおいしく、食事をしながらの拓海との会話も弾んだし、檜風呂は温泉さながらの心地よさ。

用意された浴衣は気持ちよくパリッとしていて、布団は新品ではないかと思うくらいにふかふかだった。

しかし、そんな丁重なもてなしを受けておきながら菫は――。

（ちょっと、気疲れしちゃったかも……）

と、小さくため息を吐いた。日中に動いていないせいか、それとも着慣れない浴衣のせいか、夜もあまりよく寝られていない。

何もしなくていい生活というのは、菫にとってあまり居心地のいいものではなかった。

実はあれからも、なんとか家事を手伝おうとしたのだが、菫が台所に向かおうとするたび、どこからともなく拓海がやってきて、さりげなく客間へ戻されてしまった。

そしてそのあとは、おいしい茶菓子と共に、彼が話し相手をしてくれる。読書という共通の趣味を持つ拓海との会話は楽しく、生活に不便があるわけでもない。

しかしそもそもの性格として、こんなふうにもてなされるような柄ではないし、これはあらためてわかったことだが、菫は家事をするのが好きなのだ。

でも、本当の理由は、きっと、ひとつだけ。

(やっぱり私、桐也さんのそばがいちばん落ち着くんだ……)

隣で穏やかな寝息をたてる彼の温《ぬく》もり、時おり菫を抱き締める力強い腕、切れ長の瞳を覆う睫毛《まつげ》は意外にも長くて――。

(会いたい、な……)

まるですぐそばにいるかのように、桐也の姿がありありと思い浮かんでしまう。

たった数日しか経っていないのに、もうこんなにも恋しいなんて――。

(私、いつのまにか、桐也さんと過ごす日々が、当たり前になっていたんだ)

母と姉に虐げられる生活を送っていた菫にとって、そんな平穏を感じられる家族ができたことは、何よりうれしいことだ。だがしかし今回の事件で、それはいとも簡単に壊れてしまうものだということも、身をもって知った。

もし暴漢に襲われたのが、桐也だとしたら――。

菫は思わず、ぎゅっと目を閉じる。

(やっぱり私、護られるだけの存在でなんて、いたくない)

たとえ菫を犬飼一家にかくまうことが、桐也の意思であり、望みだったとしても。

左薬指にはめた指輪に、そっと触れる。

光を反射したダイヤモンドが、きらりと紫を映した。

菫は立ち上がり、箪笥の引き出しを開ける。なかには数日分の洋服と、そして普段着用の着物が、たとう紙に包まれて入っていた。

菫は少し迷ってから、着物のほうを取り出して包みを開ける。幸いなことに、部屋には姿見も置いてあった。

ぎゅっと帯を締めて、髪を結う。すると不思議と、気持ちがきりりと引き締まった。

「――流されてちゃダメだよね！」

菫は、鏡に映った自分の姿に問いかける。まずはここで、菫のできることをしよう。

拓海は、ああ言ったけれど、やはり家政婦としての仕事をきっちりさせてもらおう。

そう思い、菫は台所へと向かった。


「失礼します」

そう言って暖簾《のれん》をくぐると、昆布だしのいい香りが菫を出迎えた。

台所には、シャツにエプロン姿の半蔵が立っていて、夕飯の支度に取り掛かっているところだった。

　思ったとおりだ。半蔵はいつも早いうちから夕飯を作っているようで、菫におやつを運んだあとは、しばらくすると、いつもだしのいい香りが漂ってきていた。

「菫お嬢様！　いかがなさいましたか？」

　おたまを片手に、半蔵がにこりと笑う。

「あ、あの……」

　夕飯の準備を手伝うつもりでやって来たが、いざ料理をしている半蔵を目の前にすると、いらないお世話なのではないかと不安になり、言《い》い淀《よど》んでしまった。

　すると半蔵が、ハッと顔色を変える。

「も、もしや、おやつが足りなかったでしょうか!?」

「い、いえ！　十分です」

「それでは、おやつに問題が？　申し訳ございません。よかれと思い、マカロンなるものをご用意したのですが、なにぶんマカロンなるものを買うのははじめてでございまして種類のほうがわからず、フランボワーズというのは何味なのかと――」

　一方的に話す半蔵の白髪眉が、みるみるうちに八の字になってしまい、菫は慌てて大きく首を振った。

「マカロンはとてもおいしかったです！　そうではなくて、えっと、あの……」

（しっかり、しないと……！）

菫はぎゅっと、両の手を握り締めてから、半蔵の目をまっすぐに見た。

「私に、夕飯作りのお手伝いをさせていただけませんか？」

「夕飯作りの手伝い……で、ございますか？」

「はい。拓海さんは、何もしなくていいとおっしゃってくださったのですが、じっとしていても落ち着かなくて……」

そう言ったが、半蔵はきょとんとした顔をして、何も答えなかった。

「あっ、も、もちろん、お邪魔でしたら――」

「いいのでございますか⁉」

「へっ？」

こぢんまりとした台所に大きく響く声に驚き、菫は気の抜けた返事をしてしまう。

「実は、今日は組員たちの夕食も準備しなければならない日でして。お手伝いしていただけるのでしたら、大変に助かります」

半蔵はそう言って、ぺこりと頭を下げた。

拓海から半蔵に、どんな指示が出されているのかわからないので、勝手な申し出を咎《とが》められてもおかしくはないと思っていた菫は、ひとまずほっと胸を撫《な》で下《お》ろした。

「こちらが、今日の献立表でございます」

渡されたメモ用紙には、豆ごはん・たけのこ入り筑前煮《ちくぜんに》・はまぐりの吸い物・アジのみりん干しと、春らしいメニューが書かれていた。

それを見て、菫はしばらく考えた。大人数のぶんを作るのにいちばん大変なことは、下ごしらえだ。手伝うと言っても、腕の立つ半蔵に下手に手を出せば、かえって邪魔になってしまうと思った菫は、豆ごはんと筑前煮を担当することにした。

「ありがとうございます。材料は、こちらに用意してありますので」

台所には小さな食卓があり、そこに皮つきの立派なたけのこや人参《にんじん》、れんこんなどの野菜がずらりと並んでいた。

まな板や包丁なども、数があるようだったので、拝借してさっそく作業に取り掛かる。

まずはえんどう豆をさやから取り出し、水に浸した米に少し多めの塩を入れて釜で炊き込む。次はたけのこのアク抜きだ。干し椎茸《しいたけ》を戻しているあいだに、れんこんの泥を洗い、大量の野菜に包丁を入れていった。

トントン、ザクザク……と、台所に小気味のいい音が響く。そこにコトコトという鍋の音と、釜で炊いている豆ごはんの、くつくつという音も合わさって、部屋のあちこちでおいしい香りがした。

（私、やっぱり料理が好きだな……）

菫は幸せな気持ちになりながら、無心で手を動かす。

半蔵の邪魔にならないかという心配は杞憂《きゆう》で、お互い炊事を担当する者同士の阿吽《あうん》の呼吸とでもいうのだろうか。流れるように作業は進み、あっという間に、今日の献立が出来上がった。

大皿に盛った筑前煮は、絹さやの緑も鮮やかで、つやつやとおいしそうに煮えている。

味見もしてみたが――悪くない。

「みりん干しは、みなさんが食べる直前に焼いたほうがいいですか？」

念のために尋ねると、半蔵は「そうですね」と頷《うなず》いた。

「それでは、ひとまずこれで、すべてできあがりです」

「ありがとうございます。菫お嬢様のおかげで助かりました」

「いえ、勝手なことをしてすみませんでした。お邪魔になっていませんでしたか？」

そう言うと、半蔵は「とんでもない」と手を振った。

「菫お嬢様には、感謝をしているんですよ」

いつもにこやかに笑っている半蔵の目が、真剣になって菫を見つめていた。

そのあらたまった様子を見る限り、どうやら料理を手伝ったことを言っているのではないらしいとわかった。

「菫お嬢様がうちに来てくださってから、坊ちゃんはとても明るくなりました」

「坊ちゃん……？」

聞き返すと、半蔵は「しまった」という顔をした。

「幼いころから、拓海様のことをそう呼んでおりまして。人前で呼ぶと、叱られてしまうのですが、つい」

と、気まずそうに頭を掻《か》く。その様子がおかしくて、菫はふっと笑ってしまった。

しかし、拓海が明るくなったとは、どういうことなのだろう。

菫が知る限り、彼のイメージは、いつだってそうだ。どう話を続けてよいかわからずに黙り込んでしまうと、それを察したように半蔵が口を開く。

「拓海坊ちゃんは、いつも笑顔でいらっしゃいますよね。その態度は、わたくしたちのような組員にも、変わることはありません。ですが、ここ最近の坊ちゃんは何か思い詰めておられるようで……心の底から笑っておられるのをめっきり見なくなってしまいました」

視線を落とした半蔵の瞳が、悲しげに小さく揺れていた。

「拓海さんは、何か心配ごとを抱えているのでしょうか？」

「わかりません。もしそうでも、気丈な坊ちゃんは、誰かに話したりはなさらないでしょう。犬飼一家の跡取りとして、厳格に育てられた坊ちゃんです。小さなころから、世話係のわたくしにすらも、弱いところは決してお見せになりませんでした。ただ、だからこそ――わたくしは最近の坊ちゃんが心配なのでございます」

菫お嬢様、と半蔵がこちらに向き直った。

「あなた様をうちにかくまうことになった経緯は、お聞きしております。あの拓海坊ちゃんが身を挺《てい》してその身を護《まも》り、こんなにも丁重におもてなしをするお相手ですから、よほど大切に想《おも》っておられるお方なのだろうと、お察しいたします」

大切に想っているというのは、おそらく友人である桐也の妻として――ということだろう。桐也の気持ちを汲《く》み取《と》って菫をかくまい、丁重なもてなしまでもしてくれる拓海には、感謝をしている。

「生粋の極道に生まれた坊ちゃんとは違って、わたくしはもともと堅気の人間ですから。こんな言い方をしては生ぬるいと、坊ちゃんには叱られてしまうかもしれません。ですが、あなた様のような方でしたら……このようなお願いをしても、よいかと思いました」

「お願い、ですか？」

半蔵は、ゆっくりと頷く。

「はい。もしよろしければ――拓海坊ちゃんのお友達になってくださいませんか？」

お友達……と、菫は繰り返した。その言葉は、まるで砂糖が溶けるようにじんわりと胸に染み渡っていく。

拓海と友達になりたい、という想い。

それは、拓海とカフェで話をしたときにも、ふと頭によぎったことだ。

同じ世界にいて、同じ趣味を持ち、親しく話すことのできる間柄で、何よりも夫である桐也のことを大切に想ってくれている拓海。

おこがましい願いだと自覚はしている。でも、それでも。そんな彼と友人になれたら、どんなにいいだろうと、菫はそう思ったのだ。

まさかその願いを、拓海をずっとそばで見てきて、もっとも知っている人物である半蔵から頼まれるなど、思いもしなかった。

「ああ見えて、拓海坊ちゃんには心を許せる友達がいないのです。ですから、年齢の近い菫お嬢様がそうなってくださると、この半蔵も安心できます」

「はい！　私でよければ、ぜひ！」

菫は思わず、弾んだ声でそう答える。

「ありがとうございます！　感謝をいたします」

「そ、そんな！　頭を上げてください」

深く礼をする半蔵に、両手を振って菫は慌てたが、はたと動きを止める。

「あ、でも……それって決めるのは拓海さんですよね。ここでいくら私が友達になりたいと言っても、拓海さんのほうがそうでなければ――」

浮かれて根本的なことを忘れていた菫は、頬を赤らめる。すると、半蔵がにこりと笑った。

「それならば心配ございません。坊ちゃんはずっと、菫お嬢様と親しくなりたいと思っていらっしゃるはずですよ」

「そ、そう、でしょうか」

「はい。この半蔵が言うのですから、間違いございません。ただ、坊ちゃんの気持ちは――」

半蔵の声が急に小さくなり、何かを言いかけてやめたので、菫は「え？」と聞き返す。

「いえ、なんでもございません」

しかし半蔵は、いつものにこやかな笑顔で首を振った。

「おや、もうこんな時間ですね」

言われて時計を見ると、午後五時。いつの間にか、もうすっかり夕方になっていた。

その時間を待っていたように戸が開く音がして、ざわざわとした声が飛び込んでくる。

「組員たちが来たようです」

「では私、お魚を焼きますね」

お願いしますと半蔵に言われ、菫はおっかなびっくり、はじめて使う七輪に火をつける。

パチパチといういい音がして、部屋はすぐにみりんと醬油《しょうゆ》の香ばしい香りに包まれた。

ゆらゆらと揺れる火を見ながら、菫は半蔵に言われた言葉を思い出す。そして。

(拓海さんのために、私にもできることがあるかもしれない……？)

と、そんなことを思うのだった。

＊＊＊

季節は春といっても、三月の夜はまだまだ肌寒い。

拓海は白い息を吐き、コートを持参しなかったことを後悔しながら、家路を急いでいた。

いつもなら、外出には必ず半蔵の送迎を伴うが、彼には菫の世話係を任せているため、ここ数日はひとりで移動をしている。

半蔵は、負傷の身で無茶だと、せめてほかの組員に送迎を頼んでくれと、そう懇願したが、彼以外にハンドルを任せる気にはなれなかった。それに、菫をあの家で「護る」には、かつて蘇《よみがえ》った鬼の半蔵と呼ばれた男である彼が適任だ。

それに拓海には、龍桜会に依頼された任務がある。

それが極道の仁義に反する卑劣な行為であろうとも、拓海は犬飼一家の次期組長として、この任務だけは必ずや成し遂げなければならないのだ。

そしてこのことは、たとえ半蔵であっても、知られるわけにはいかなかった。

「っ……」

びゅうと冷たい夜風が吹いて、拓海は思わず肩をすくめた。

寒さのせいだろうか。治りかけていると思っていた傷がずきりと痛んで、顔をしかめる。

こんな怪我《けが》も、たったひとりで任務に挑むことも、なんということはない。

情報の売り買いを生業《なりわい》とする拓海は、いつだって危険と隣り合わせだ。とある組織に依頼され、政治家の息子が裏社会と繋《つな》がって犯した罪を暴いたときなどは、報復として、もっと危険な目に遭った。

犬飼一家は、人知れず暗躍する孤独な稼業。その心得を、拓海は幼いころから父に叩《たた》き込まれてきた。犬飼一家を継ぐ者として、誰かに頼ったり、弱音を吐いたりすることは、決して許されない。

拓海はずっと、そういうふうに生きてきた。

誰にも心を許さず、たったひとりで生きてきたのだ。

そう、だから、こんなことはすべて平気で、それなのに――。

ふいに足元から崩れ落ちていくような感覚に襲われて、ハッと顔を上げる。

その刹那、コーヒーカップを手に陽だまりのような笑みを浮かべる菫の姿が、まるで映画のワンシーンのように拓海の脳裏に浮かんだ。

（どうして、菫さんのことを……？）

彼女とカフェで話した日のことは、よく覚えている。

警戒心を解くためにあえて選んだ話題とはいえ、好きな小説の話であんなにも盛り上がることができた女性は、菫がはじめてだった。

『そのお名前にぴったりの、海みたいに心が広い、やさしいひとです』

記憶のなかの彼女が、またそう言って笑いかける。

（菫さん。僕はあなたが思っているような人間じゃない……）

誠実でやさしい性格は、ただ人の心を摑《つか》みやすくするためのもの。そのために見た目も美しく飾り、いつも穏やかに微笑《ほほえ》んでいるが、その実は笑顔の仮面を張り付けているだけの、空っぽの人間なのだ。

彼女のことを考えれば考えるほど、心がくじけそうになっていく。

（焦って、いるのか……？）

この家にやってきた菫と対峙《たいじ》したとき、すでに覚悟は決まっていたはずなのに。

彼女を甘やかし、贅沢《ぜいたく》な暮らしをさせて、その秘めた欲望を解放させること。女性の心を摑むための話術なら、十分に心得ている。そうして身も心も拓海に依存させてしまえば、目的を果たすのは簡単だ。

そう思っていたのに、彼女はまるで思い通りにはならなかった。

働かなくてよいと言っても譲らず、いくら止めてもすぐに家事を手伝おうとする。贈った着物や洋服も、決して着ようとはしなかった。

菫がこの家にやって来たときのことを、思い出す。

あのとき彼女は、たしかにその目に涙を浮かべていた。しかしそれを堪《こら》えて、あろうことか拓海を気遣う言葉を口にしたのだ。

拓海は紙袋を抱えた片手に、ぎゅっと力を込める。そこに入っているのは、彼女が好きだと言った作家の、今日発売されたばかりの新刊だ。

彼女の笑う顔が日に日に少なくなっていることには気づいていて、だからこれを渡せば、またあの陽だまりのような笑顔を見せてくれるのではないかと、そう思った。

（しかしこれはあくまで、任務のためだ）

拓海は自分に言い聞かせる。

そうだ。菫を犬飼一家にかくまったのは、彼女を護るためなんかではない。龍桜会の依頼を果たす絶好の機会を逃すまいと、画策しただけのこと。

だからこの本は、彼女の心を動かすための、ただの道具に過ぎないのだ。

（目的を見失うな）

傷の痛みを堪え、ようやく自宅へと到着した拓海は、弱気を打ち砕くように勢いよく戸を開け、しかし目を見張った。

「あっ、おかえりなさいませ！」

そこに立っていたのは、まるで可憐《かれん》なすみれの花が咲いたように、ぱっと笑みを浮かべる着物姿の彼女。

「す、菫さん」

予想外の出迎えに、声が上ずってしまう。

「帰りが遅いものですから、心配で見に行くところでした。でも、よかったです」

「心配？　どうして」

「だって、拓海さんは怪我をしているんですから。心配ですよ」

そんなことは当然だというように、菫は首を傾《かし》げた。

「ご無事で帰って来られてよかったです」

ほっと安堵《あんど》したように、菫が笑う。その笑顔を見たら、ぐっと胸が詰まった。

「あ……」

待っていてくれたことへの礼と共に、気の利いた言葉のひとつでも言おうとしたのだが、声が出ない。

「食事ができています。あたたかいものを用意しますから、居間で待っていてください」

「食事？　菫さんが、作ったのですか？」

「いえ、私は半蔵さんのお手伝いをしただけです。さぁ、みなさんもいらっしゃいますよ」

言われながら廊下を進むと、奥から組員たちの笑い声が聞こえた。

今日は組員たちの会合の日だったと思い出し、もしや彼らの食事の準備を菫に手伝わせてしまったのかと焦りながら、障子を開ける。

「坊ちゃん！　おかえりなさいませ！」

出迎えたのは、ご機嫌顔の半蔵だった。

長机には大皿の筑前煮《ちくぜん》、焼いた干物に椀《わん》と豆ごはんが並んでいて、半蔵と同年輩の舎弟たち三人が、楽しそうに食事をしている。

わいわいと賑《にぎ》やかな雰囲気に圧倒され、坊ちゃんと呼ばれたことに怒ることも忘れた拓海は、ぽかんと立ち尽くした。

「若！　ご苦労さんです！」

いちばん年長のヤスが立ち上がり、ほかの舎弟たちもあとに続いた。

「座ってください。今日は寒かったでしょう」

「さ、早く一緒に食べましょうや」

「筑前煮が絶品ですよ、若！」

年甲斐《としがい》もなくはしゃいでいる様子の舎弟たちに急《せ》かされて、拓海は上座に座らされる。

すると障子が開いて、盆を持った菫が現れた。

なぜか舎弟たちのほうが、わっと沸いて、一斉に手招きをする。

「菫さん！　こっち、こっち！」

「さっきの話の続きをしやしょう！」

「はい。少し、待っていてくださいね」

菫はそう言って微笑みながら、拓海のまえに料理を並べた。

たった一日、いや、食事を共にしただけで、ずいぶんと親しくなったらしい。舎弟たちは、まるで孫娘が遊びに来たときのように目を細めて、菫の名前を呼んでいた。

「こら、おまえたち。坊ちゃんの前で……」

半蔵がたしなめると、ヤスが肩をすくめて言った。

「すみません、若。でも、なんだか昔に戻ったようでうれしくって」

「ああ、そうだ。姐《あね》さんがいてくれた頃みたいだなぁ」

姐さん――その言葉に、拓海は小さく息を吞《の》んだ。

それは、今は亡き拓海の母、絹子《きぬこ》のことだ。

母が生きていたころは、独身の組員たちを気遣って、毎日のようにこうして手作りの夕飯を振る舞っていた。

父が食事を共にすることは滅多になく、いつも母とふたりきりだった拓海は、そのときばかりは大家族になったようで、うれしかったことを思い出す。

(どうして、こんなときに、そんなことを――)

あたたかい料理が並ぶ食卓が、記憶のなかのそれと重なる。

母の作る料理は、いつも机に並びきらないほどの品数だった。旬の食材を使うよう考えられた献立は、どれも頰《ほ》っぺが落ちるほどにおいしく、拓海はおかわりを欠かさなかった。

『拓海。たくさん食べて、大きくなるのよ』

そう言って、山盛りのごはんを手渡しながら、いつもやさしく微笑んでいた母。

しかしその母は、拓海が十四のとき、病気をこじらせてあっけなく逝ってしまった。

無理がたたったのか、もともとそういう運命だったのかは、わからない。しかしその危篤のときですら、父は稼業を優先して、家に戻らなかった。

母が倒れた日。その日も食卓には、食べきれないほどの料理が並んでいた。それを見て、拓海は気づいたのだ。母はきっと、いつ父が帰ってきてもいいように、毎晩これだけの量を用意していたのだと。

落ちぶれた極道の家に生まれ、若くして父と政略結婚をした母が、制約の多いこの犬飼一家で姐御《あねご》としてやっていくのは、どれだけ大変だっただろう。

母はいつだって、父の帰りを待っていた。

それなのに、極道の男に愛なんて求めたばかりに、たったひとりで死んだのだ。

(ああ、そうだ。だから僕は誓った……)

愛するひとにこんな想《おも》いをさせるくらいなら、自分はもう一生、誰も愛さない——と。

そう決めたから、目的のために人の心を欺くことができた。その手段として、色や恋を使うことも、平気だったのだ。

でも、本当は——。

「拓海さん、どうぞ」

目の前に山盛りの豆ごはんが差し出され、拓海は思い出から我に返る。

「たくさん食べてくださいね」

そう言ったのは、母ではなく陽だまりのように笑う彼女。拓海は動揺して、礼もそこそこに茶碗《ちゃわん》を受け取った。

「それではあらためて、挨拶をいたしましょう」

半蔵がそう言って、一同はまるで子どものように一斉に手を合わせた。

「いただきます！」

広間に大きな声が響くと、それを合図に舎弟たちは競うように料理に箸を伸ばす。

「おい、おまえ取り過ぎだぞ」

「あんたこそ。そんなに食ったらまた血圧上がっちまうぜ」

こんな歳《とし》になっても、食べ物を巡って言い争いをしている老人たちの姿を見て、呆《あき》れるやら情けないやら。しかしその口元は、知らず知らずのうちにふっと緩んでいた。彼らのこんな楽しそうな顔を見るのも、何年ぶりだろう。

（まるであのころに戻ったみたいだ……）

そう思ったら、ふいに目の奥がツンと熱くなった。

浮かんだ涙を悟られぬよう、拓海は慌てて豆ごはんを大きく口に入れた。ふわりと春の香りが鼻に抜け、疲れた体にほどよい塩味が染み渡る。

急に空腹を感じて、ひとくち、またひとくちと箸を運ぶ。腹が満たされるのと同時に、心まで満ち足りていくのがわかった。

おかずも欲しくなり、大皿にのった筑前煮に箸を伸ばす。たけのこをぱくりと口に入れて、目を丸くした。

それはいつもの味付けとは違う、甘く懐かしい味がして。

拓海は思わず、離れたところに座る菫の顔を見た。老人たちの与太話に相槌《あいづち》を打ちながら、慎《つつ》ましく箸を運んでいた彼女が、拓海の視線に気づき、にこりと笑った。

その姿が、なぜかあのころの母の姿と重なる。

(ああ、僕はもう、だめだ)

その笑顔を見て、目を伏せた。

もうこれ以上、彼女の心を欺くことはできない。

そして、自分の心に嘘《うそ》をつくこともできないと、拓海はそう思った。

＊＊＊

「あとで僕の部屋に来てくれませんか？」

賑やかな夕飯を終えたあと、皆でわいわいと後片付けをしているときに、拓海が言った。

それがまるで、誰かに聞かれてはいけないとでもいうような小声だったので、何か大切な話をされるのだろうと思った菫は、急いで洗い物を済ませ拓海の部屋へとやって来た。

「菫です。入ってもいいですか？」

膝をついて尋ねると、「はい」という静かな声が聞こえ、菫はゆっくりと障子戸を開ける。

拓海の部屋は、床の間のある広い畳の和室だった。こざっぱりとしていて、あたたかいオレンジ色の照明が、時代物と思《おぼ》しき民芸調の家具を照らしている。

「どうぞ。座ってください」

座椅子に座って文机《ふづくえ》に向かっていた拓海が立ち上がり、部屋の中央にある座卓の前に座るよう促した。

菫は「失礼いたします」と頭を下げて、拓海と向かい合う。

「ご用事はなんですか？」

そう言うと、拓海は少し迷ったような素振りをしてから、一冊の本を差し出した。

「こ、これ！」

それは菫がよく読んでいる大好きな作家の、今日発売されたばかりの新刊であった。

「書店で見つけたんです。そういえば、菫さんがカフェでお好きだと言っていたことを思い出して」

「覚えていてくれたんですか？」

菫は驚いて、目を丸くする。

「ええ、もちろんですよ。よかったらこの本、お貸しします」

迷ったが、以前のようにプレゼントをされるのではなく、貸し借りという形であるなら気を楽にすることができて、菫は頷《うなず》いた。

「ありがとうございます。それではお言葉に甘えてお借りします。きっと、こちらに滞在しているうちに、読んでしまえると思いますから」

「菫さんなら、そうでしょうね。そのあとに僕も読んでみようと思います。そしたら、互いに感想を言い合いましょう」

「は、はい！」

胸が躍るような提案に、菫は思わず声を上ずらせてしまう。

そのあとはしばらく、あのときのように互いの好きな小説の話で盛り上がった。

話が一段落したとき、菫がふと壁際にある本棚に目をやると、そこにはぎっしりと本が詰まっていて。

（やっぱり私、拓海さんとお友達になりたいな）

と、そう思い菫は小さく笑った。そのときだ。

「菫さん、髪が」

「？」

ふいにそう言われて目だけを動かすと、目の端に一筋の後れ毛が映った。

気を付けてきっちりとまとめていたはずだったが、立ったり座ったりと忙しく動いていたせいで、髪留めが緩んでしまったようである。

「すみません。ちょっと失礼します」

中座するためにそう言って、菫は慌てて後れ毛を耳に掛けた。するといつの間にか、拓海が目の前にいて。菫の顔を覗《のぞ》き込むようにして、じっと見ていた。

「僕にやらせてください」

「え？」

「大丈夫です。僕はこう見えて器用ですから」

「そうじゃなくて、あの！　っ……」

拓海の細く長い指がそっと耳に触れ、菫は思わず目を閉じる。

そして菫が断る間もなく、拓海はまるで繊細な絹糸を扱うように髪に触れながら、あっという間に元通りにしてしまった。

「できましたよ」

そう言って拓海は微笑《ほほえ》んだが、菫は恥ずかしいやら申し訳ないやらで、顔を上げることができない。

「あ、ありがとうございます……すみませんでした……」

膝で握り合わせた手に視線を落としながら、消え入るような声でそう言うと、その手があたたかな別の手に包み込まれた。

「た、拓海さん!?」

慌てて顔を上げると、長い睫毛《まつげ》に覆われた薄茶色の瞳と視線がぶつかる。その瞳が、まるで今にも泣き出しそうに切なく濡《ぬ》れていて、菫は動けなくなってしまった。

「菫さんは、桐也さんのことを愛していますか？」

「え……なぜ、そんなことを？」

「教えてください。愛していますか？」

気迫に圧《お》されて、菫は頷く。質問の意図はわからなかったが、答えはひとつだ。

「はい。愛しています」

「極道の人間を、何があっても愛することができるのですか？」

「はい。私はそれを覚悟して、桐也さんと一緒になりました。だから私は、何があっても、桐也さんを愛すると誓います」

迷うことなくそう言うと、拓海は菫の手を離し、何かを堪《こら》えるように唇を噛《か》んだ。

「拓海……さん？　きゃっ」

名前を呼ぶと、ふいに両肩を摑《つか》まれる。

「どうしてそんなことを、迷いもなく言えるのですか？　極道の男と結婚して、幸せになんてなれるはずがない。それどころかあなたは、あの人のせいでこれからもきっと危険な目に遭う。寂しい思いだって、ずっとすることになるんですよ？」

「た、拓海さん？　さっきからいったい何の話を——」

「好きなんです！」

「え？」

言葉の意味が飲み込めず、菫は固まってしまう。しかしその切実な表情を見れば、拓海が冗談を言っているわけではないことは明らかだった。無論、彼が冗談でそんなことを言う人間ではないことも。

（じゃあ、本当に……？）

なんと答えてよいかわからないまま、じっと動けずにいると、拓海は肩に置いた手を離して目を伏せた。

「好きなんです……好きに、なってしまった……あなたと同じ時間を過ごしているうちに、その笑顔が、声が、胸に焼き付いて――」

「そんな、でも、私には」

「わかっています」

まるで拒絶の言葉を言わせまいとするように、拓海は強引に言葉を続けた。

「あなたには、桐也さんがいる。そして彼を愛している。でも、どんなに愛しても、極道の男と幸せになれるはずがないんです。僕の母は、極道の親分だった父に看取《みと》られることなく、たったひとりで死にました。いつもいつも父の帰りを待って、毎日寂しい思いをしながら、たったひとりで死んだんです」

当時を思い出しているのだろうか。拓海は苦しげに表情を歪《ゆが》めた。

「そんな母を見て、僕はもう誰も愛さないと決めました。愛するひとを傷つけるくらいなら、ずっとひとりで構わないと。でもあなたに会って、気づいてしまった。本当はずっと、誰かを愛し愛されたいと願っていたことを……僕は、父のような過ちは絶対に犯しません。だから、もしあなたが僕に、ほんのわずかでも好意を持ってくれているのなら――」

拓海はそこで言葉を切ったあと、意を決したように菫を強く抱き締めた。

「――僕の気持ちを、受け入れてくれませんか？」

「拓海さん……」

すがるような、震える声。

怪我《けが》の痛みも厭《いと》わず、菫をぎゅっと抱き締めるその想《おも》いの強さに、胸が苦しくなる。

だがしかし、彼の気持ちに応えるわけにはいかず、菫はその強い想いを体ごと押し返した。

「それだけはできません！」

「どうして⁉」

「私は桐也さんを、桐也さんのことだけを愛しています！　そしてその想いは、これからもずっと変わることはありません。この指輪に誓ったんです。私は、獅月組を背負《しょ》って立つ桐也さんの妻になると。何があっても、桐也さんについていくと――」

菫は胸のまえで両手を強く握り締め、紫に光る指輪にそっと触れる。そうすると、桐也がすぐそばにいてくれるような気になって、強張《こわば》った体が少しだけ、ほっとした。

確固たる決意を示すように、拓海の目をじっと見つめる。

「どうしても、僕の気持ちには応えられないということですね」

「はい。申し訳ありません」

きっぱりとそう断ると、拓海の顔が悲痛に歪み、その刹那、菫は押し倒された。

「きゃっ。た、拓海さん⁉」

「見くびってもらっては困ります。僕は、生まれながらの極道だ。応えてくれないのなら、力ずくでもあなたを僕のものにしますよ」

菫の両手を組み敷きながら、冷たい声で淡々と語りかける拓海は、言葉とは裏腹に、いまにも泣き出しそうな顔をしていた。それはまるで、こんなことをしたかったわけではないと、全身でそう叫んでいるかのような表情だった。

彼の力をもってすれば、このまま菫をどうにかすることなど簡単だろう。しかし菫の手首は少しも痛くはない。このまま押し返せば、抜け出せるほどのやさしい触れ方だった。

(拓海さんは、きっと後悔をしている……)

彼の歯痒《はがゆ》い想いが痛いほどに伝わってきて、だから菫は、その目をそらさず静かに言った。

「拓海さんは、そんなことをする人じゃありません」

「っ……僕の何がわかるというんですか⁉　僕は、あなたが思っているような人間じゃない！」

「わかります！　拓海さんは、いつだって周りの人を気遣って、そこにいる人たちが笑顔になることだけを考えているやさしい方です。私はあなたのそのやさしさも、誠実さも、何度だって目にしてきました」

「そんなのは虚像だ！　犬飼の人間がそうするのは、ただ、任務のため。あなたが見ているのは、仮面をつけた偽物の僕なんです。作られた、偽物の……」

言いながら、拓海はだんだんとうつむいてしまう。その姿が、まるで何かに怯《おび》える子どものように小さく見えて。こんなことをされておきながら、菫は咄嗟《とっさ》に思ってしまう。

彼を元気づけたい、いつものように笑って欲しい──と。

小さく息を吸った菫は、その想いが届くよう、力強く言った。

「そんなこと、ありません！」

拓海がハッと、顔を上げる。

「もしそうだったとしても、やさしい仮面は、本当のやさしさを知っている人間にしかかぶれません。そして拓海さんは、一家のためにその仮面をかぶることを決意した、とても強い方です。赤の他人を、身を挺《てい》して助けることが、そうでない人間にどうしてできるでしょう。私は、拓海さんに救われたんです。だから――」

言葉を切った菫は、目を閉じる。

桐也が菫を拓海に託したのは、そんな彼を信じていたからだ。

極道の妻としていまだ未熟な自分が、看板を背負ってたったひとりでケジメをつけに行くことを、様々な懸念を飲み込んで許してくれた桐也。

その桐也が信じた拓海を、同じように自分も信じることが、妻としての自分の務めだと、そう思った。

不思議と心は凪《なぎ》のように落ち着いていて、菫は笑みさえ浮かべながら、ゆっくりと目を開ける。

「私は拓海さんを、信じています」

静かにそう言うと、拓海が息を呑《の》んだ。

しばらくのあいだ、ふたりはそのまま見つめ合っていたが、やがて拓海は脱力したように手を離して、組み敷いた菫の両手を解放した。

「菫さん……あなたはなんて……残酷なひとだ……」

身体《からだ》を起こした拓海は、そう言って菫に背を向ける。

「本当に申し訳ありません。あなたにこんなことをして、なんとお詫《わ》びをすればいいか……」

震えるような声が聞こえて、菫は首を振る。

「いえ。私のほうこそ、お気持ちに応えられず申し訳ありません」

そう言うと、拓海は何かを決意したように背筋を伸ばし、菫を振り返った。

「──すべてをお話しします」

拓海から聞いた話は、にわかには信じがたいものだった。

「それでは、拓海さんは龍桜会と取引をしたということですか？」

「──はい。龍咲美桜《りゅうざきみおう》の目的は、身内でしか知り得ないような獅月組の内部情報を手に入れること。そのために、菫さんと深い関係になるよう依頼されました。うまくいけば、菫さんは内通者としての役割を果たしてくれるはず。そうなれば、獅月組を潰すことも容易にできると……」

「見くびらないでくださいっ！」

菫は思わず、声を荒らげた。

「私は、そんなこと……そんなこと、絶対にしません！　獅月組を、桐也さんを裏切ることなんて絶対に……！」

「本当に申し訳ないと思っています！」

拓海は、がばと身を伏せた。

「あなたは決して、そんなことをするひとではないのに……僕はあなたに恥をかかせてしまいました。お詫びのしようもありません」

「私のことは構いません。あなたは、桐也さんの顔にも泥を塗ったんです。桐也さんは……拓海さんのことを大切な友だと言っていました。それなのに、どうして、そんなことを……」

正座した膝の上で合わせた手が、小さく震える。

これは、愚問なのかもしれない。

拓海は極道の人間だ。シノギのため、組織の利益になることをするのに理由など必要ではないだろう。

桐也だって、そうだ。極道のシノギが、表立っては言えないものばかりだということは、もう、菫にだってわかっている。

でも、それでも――あの拓海が、こんな卑怯《ひきょう》な真似《まね》をしてまで桐也を裏切った理由を、率直に知りたかった。

少し迷ったような素振りをしてから、拓海はゆっくりと口を開く。

「……美桜の最終的な目的は、再び抗争を起こして獅月組を潰し、その代紋を手に入れることです。そして、それが成功した暁には、犬飼一家をその傘下に加え、この街の半分をうちのシマとすることを約束してくれました」

「それが……交換条件だったのですか……？」

「はい」

「そんな……龍桜会の傘下になるだなんて、拓海さんはそれでもいいんですか!?　犬飼一家の、若頭としてのプライドは――」

「そんなものは捨てました！」

悲痛な表情をして、拓海は叫ぶように言った。

「江戸から続く任侠《にんきょう》一家は、いまや落ちぶれた時代遅れの極道です。時代が変わり、いくら隠密《おんみつ》といえど、ヤクザに仕事を頼むような権力者はいなくなりました。情報屋などという地味なシノギを稼業にしているうちには、若い衆も集まりません。先の抗争で、いくつかのシマも龍桜会にとられてしまいました。僕はそれを取り返したかったんです。たとえ犬飼一家は老人ばかりだと馬鹿にされても、彼らは僕にとっては大切な家族だ。だから――」

拓海は言葉を切り、その長い睫毛《まつげ》を伏せた。

「僕はどんな手を使ってでも、この家を護《まも》りたかった……」

絞り出すような、声。

悔し涙を流すまいとの漢気《おとこぎ》だろう。両手を、ぎゅっと強く握りしめていた。

しかし菫は、その目の端に光る一粒の涙を見つけてしまい、息を呑む。

(私は、なんて浅はかなんだろう……)

犬飼一家組長の座に就くことを、生まれたころから宿命づけられている拓海。

しかし何代も続く極道の看板を、たったひとりで背負っている彼の重圧は、いったいどれほどのものだっただろうか。

ましてや、犬飼一家がそんな状況であったなんて——。

何も知らず、いや、知ろうともせず。感情の昂《たかぶ》るまま、彼のしたことを過ちだと決めつけ、責め咎《とが》めてしまった自分が恥ずかしくなった。

「すみません……私……」

「どうして、菫さんが謝るんですか?」

しかしもう、彼の目に光るものは見当たらず、それどころか、菫を安心させるようにやさしく微笑《ほほえ》んでいた。

「そんな大変な状況になっていたなんて、少しも知りませんでした。それなのに私は、一方的に拓海さんを責めてしまい、申し訳がなくて……」

「ははっ。あなたはどこまでもお人好《ひとよ》しだ。いま話したことは、すべて言い訳に過ぎません。どんな理由があったにせよ、僕がしたことは、あなたに許されることではない。もちろん、桐也さんにもです」

拓海はそう言って姿勢を正すと、あらためて菫に向き直った。

「犯してしまった罪は、償わなければいけません。僕は桐也さんに会って――ケジメをつけさせてもらいます」

その目は、覚悟を決めた漢の目だった。

しかし菫は、拓海の言葉に頷《うなず》くことができなかった。

この場で言葉のやりとりをするのは簡単だが、ここまでのことをして、そのケジメがただで済むはずがない。それくらいは、まだこの世界に足を踏み入れて間もない菫でも、容易に想像できた。

もちろん生粋の極道である拓海が、その言葉を簡単に口にしたとも思っていない。

けれど――。

（私はまた、誰かに護られるの――？）

拓海がしたことは、獅月組の看板に泥を塗る行為であり、いわば犬飼一家が喧嘩《けんか》を売ったのと同じだ。そして組長不在の現状況で、この件にかたをつけるのは若頭の桐也であることで、確かに間違いはない。

しかし、今回の直接的な被害者は菫だ。

そして菫は、獅月組若頭の妻。自らそう名乗るのはおこがましいが、姐御《あねご》の立場にある。

菫は決意したように、深く息を吸った。

「この件は、私に預からせてください！」

「え？」

拓海が驚いて顔を上げる。

「私はこれでも、獅月組の姐御です。極道の女ですから。だから始末は——私がつけます」

菫はまっすぐに、拓海の目を見据えて言った。

その目もまた、覚悟を決めた女の目であった。

後日、拓海からすべてを聞いた桐也は、静かな声で言った。

「じゃあ、なんだ？　おまえは龍桜会に頼まれて、うちの内部情報を得るため、菫に深く近づいたと——そういうことなのか？」

「申し訳ありませんでした」

獅月組屋敷《やしき》の広間。桐也と向き合って正座をした拓海は、畳に額がつくほど深く、がばとひれ伏した。

その姿を見た桐也は舌打ちをして、悔しそうに唇を噛《か》んだ。

「——頭下げて済む話じゃねえだろうがよッ！」

頭上に怒号がぶつけられる。拓海はそのままの姿勢で、もう一度、謝罪の言葉を口にした。

「はい。言い訳をするつもりはありません。ケジメは、きっちりつけます」

「俺の妻に恥かかせたんだ。ただのケジメじゃ済まねえぞ」

「わかっています」

拓海は落ち着いた声で答えたが、畳についた手が小さく震えている。

菫は着物姿で、桐也の横に座っていた。その顔を見なくとも、彼の抑えきれない怒りの気配が、びりびりと伝わってくる。

しかし覚悟を決めた菫は、もう、動じたりはしなかった。

「本来ならすぐに筋通してもらうところだが……菫。この件は、おまえが始末をつけると言ったな」

「はい」

「わかった。拓海の処遇をどうするかは、おまえに任せる」

ありがとうございます、と菫は頭を下げた。

「今回の件は、獅月組に対する宣戦布告ともいえる不実の行為です。ですがその理由は、組を護るため。そして龍桜会によって失われたシマを取り戻すためという、極道の教義としていえば至極まっとうなものでした。拓海さんがケジメをつけることは簡単です。でも、それこそ残された半蔵さんたちはどうなるのか。だから、私は――」

菫は背筋を伸ばし、あらためて拓海に向き直った。

「犬飼一家には、龍桜会を裏切り、獅月組の傘下に入っていただくことを望みます」

「なっ……」

拓海は顔を上げた。

「このたびのことで、龍桜会が再び抗争を仕掛けようとしていることが明るみに出ました。もし有事になれば、うちとていつ不利な状況になるかわかりません。ですからその際には、うちと組んで龍桜会と戦ってください」

「し、しかしそれでは！　ケジメどころか、得をするのはうちのほうです！」

思わず膝を立てた拓海に、菫は「わかっている」というように頷くと、話を続けた。

「それからもうひとつ」

「もうひとつ？」

「もし協定を結ぶことを承諾してくださるのでしたら、有事の際には、私の盾となって戦ってくれませんか？」

「菫さんの盾に……？」

この発言には、桐也も目を見開いた。

「はい。私は、桐也さんの——獅月組の弱みにはなりたくないと思っています。誰かに護ってもらうだけの存在では、いたくないと。ですが、その気持ちは驕《おご》りに過ぎませんでした」

菫は、目を伏せた。

「もし、また今回のようなことがあっても、今の私には何もできないでしょう。私にできることは、何もできない自分を受け入れること。そしてそのうえで、みなさんに迷惑を掛けないよう、現実的な対処をしていくことだと答えを出しました。だから拓海さん。あなたに、そのお手伝いをして欲しいのです」

何もできない——という言葉とは裏腹に、菫はピンと背筋を伸ばし、自信に満《み》ち溢《あふ》れた目をして、その決意を言い切った。

「菫さん……」

その言葉を聞いた拓海は、すがるように名前を呼んだが、しかしすぐに大きく首を振る。

「っ……桐也さんは、それでいいんですか!? あなたの信頼を裏切り、菫さんを傷つけた僕を許せるわけが――」

桐也はそれには答えず、顔だけを菫のほうへ向けた。

「おまえは、それでいいんだな」

「はい」

「ならば、異論はない。菫がそう決めたのだから、俺はそれに従うだけだ」

(桐也さん……ありがとうございます……)

今回の件を菫が預かることを、何も言わずに受け入れ、すべてを任せてくれた桐也。

そっけないやりとりだが、そこには信頼の情が感じられ、菫は頷きながら、心の中で礼を言った。

「ただし、ひとつだけ訊《き》きたいことがある」

桐也の鋭い語気に、拓海は背筋を伸ばした。

「菫を襲った暴漢は、おまえの差し金ではないんだな?」

「それは誓って！　ただ、この偶然を好機だと利用したことには間違いありません。本当に申し訳ないと思っています」

「ということは、これは美桜が裏で絵を描いた自作自演ではないということだな」

「はい。あれから僕も調べているのですが、どこの組の仕業かはわかっていません。追跡はしていますが、犬飼のネットワークを使ってもいまだ面が割れず……。おそらくですが、あえて堅気の人間を使うことで攪乱《かくらん》を狙ったものと見られます」

「調べていて、くれたんだな」

小さな声でそう言った桐也の口元は、ふっとやさしく緩んでいた。

「――わかった。ならば、菫の言うとおりで問題はない。護衛に関しても、おまえになら安心して菫を任せられる。なんせおまえは、菫を助けてくれた恩人だからな。その件に関しては本当に感謝をしている」

「桐也さんっ！」

深く頭を下げた桐也に、拓海が手を伸ばす。

「それにおまえには、謝らなければならないこともある」

「謝る……？」

「先の抗争で、龍桜会に犬飼のシマが奪われたことは親父《おやじ》に聞いていた。しかし知っていながら、おまえのことを気遣うこともせず、何もしてやらなかった。犬飼一家が、そんな状況になっていることも知らず……俺は自分が情けない」

　桐也は心の底からの悔しそうな表情で、唇を噛み締めた。

「だから拓海。おまえさえよければ――俺と兄弟の盃《さかずき》を交わしてくれないか？」

「桐也さんと、兄弟に……!?」

「ああ。これから先、もし犬飼に何かがあったときは、うちが必ず後ろ盾になる。うちとしても、犬飼の情報網にあやかれるのは正直ありがたい。お互いにとって、悪い話じゃないはずだ」

「っ……」

　菫の目に、唇を噛んで息を呑《の》む、拓海の姿が映った。

「――これほどのことをしでかした僕には、もったいないお話です。おこがましいことは承知ですが、ぜひ僕を桐也さんの弟にしてください」

　しかし桐也は、静かに首を振った。

「いや、俺は兄貴なんかにはならねえよ」

「え？」

「俺とおまえは五分の兄弟だ」

「五分の……兄弟……」

五分の兄弟であれば、その関係に上下はなく対等の間柄だ。

おそらくずっと我慢していただろう彼の目にぶわりと涙が浮かび、体ごと崩れ落ちる。

「ありがとう……ございます……」

「だから、礼を言うのはこっちだっての。俺は、菫の命が何よりも大切だ。それを救ってくれたおまえには感謝しかねえ。手打ちにしても、借りが余るくらいだよ」

涙を見せまいと、再び頭を下げた拓海に、桐也は語り掛けるように言った。

「なぁ、拓海。取られた犬飼のシマは、一緒に取り返そうぜ」

「……はいっ」

桐也が拳を差し出し、涙を拭いた拓海が同じように拳をぶつける。

そんな漢《おとこ》同士の約束を、菫は微笑《ほほえ》みながら見つめていた。

＊＊＊

「拓海さんっ！」

獅月組の屋敷をあとにした拓海は、聞き慣れた声に呼び止められて振り向いた。

「菫さん……！」

「すみません、あの……」

草履で必死に追いかけてきたのだろう。菫は少し息を切らしていて、拓海は彼女の息が落ち着くのを待った。

「どうかされましたか？」

「ひとつだけ、どうしても訊きたいことがあって、追いかけてきました」

「訊きたいこと？」

菫は頷《うなず》いて、拓海を見上げた。

「拓海さんの意向も確かめないまま、あの場で勝手な申し出をしたことを、まずはお詫《わ》びいたします」

「そんなこと。うちとしては願ってもないことです。あなたに、あんな辱めを与えた僕を、許してくださってありがとうございます」

「拓海さんは、組を護《まも》るためにしたことですから。ただ、その、演技があまりにもお上手で、少しびっくりはしましたけど……」

菫は顔を赤くしながら、声を小さくする。演技――という彼女の言葉を聞いて、拓海は胸がずきりと痛んだ。

違う。あれは本心の言葉で、僕はあなたのことが本当に――。

彼女への気持ちを叫んでしまいそうになるのをぐっとこらえ、拳を握る。

「本当に、申し訳ありませんでした。それで、菫さんの訊きたいこととは？」

これ以上一緒にいると、つい、本音を伝えてしまいそうで。拓海は促すように言った。

「あっ、はい。あの……」

菫は今度こそ顔を赤くして、うつむいてしまう。そしてしばらくの沈黙のあと。

「私と、友達になっていただけませんか？」

と、意を決したように言った。

「ともだ、ち……」

予想だにしない言葉に、拓海はきょとんと目を丸くして言葉を失った。

「拓海さんに護ってもらう身でありながらこんなことを言うのは、おこがましいとは思っています。でも、それでも私は、少しでも拓海さんと対等な立場でありたいのです。何の取り柄もない私ですが、少しでも獅月組の名にふさわしい妻になるよう努めてまいります。ですから、拓海さんにもいろいろなことを教えていただきたい。もちろん私にもできることがあれば、拓海さんの力になりたい。そう、助け合いたいのです」

菫は力強く語ったあと、ハッと我に返り、再び顔を赤くした。

「……そ、そういう関係を、友達というと思ったのですが……違いますでしょうか……？その、私……と、友達がいないのでわからなくて……」

合わせた両手の親指をもじもじと動かしながら、最後は消え入るような声でそんなことを言う菫の姿を見て、拓海は思わず吹き出してしまう。

「ふっ……あははっ」

「す、すみません！　私、やっぱり変なことを！」

「いえ、違います。違うんです。あなたは……あなたというひとは、本当に……」

拓海は笑いをこらえるふりをして、背中を丸める。そして菫に聞こえないよう、こっそりと言った。

「――なんてかわいいひとなんだ」

「え？」

「いえ、なんでもありません。僕でよければ、ぜひ友達になりましょう。そして僕は友として、あなたを全力でお護りすることを誓います」

そう言って、拓海は右手を差し出す。

彼女に触れるのは、きっともうこれが最後になるだろうと思いながら、その手を強く握った。

＊＊＊

拓海との話を終えた菫は、離れへと急いだ。

見慣れた玄関のドアを開けると、一足早く戻っている桐也の黒い革靴が置いてあり、それを見ただけで胸が詰まってしまう。

ドアの音に気づいたのだろう。桐也が急ぎ足でやって来て、菫を出迎えた。

「拓海との話は終わったのか？」

「は、はい。これからのことを、よろしくお願いしてきました」

「そうか」

短く返事をした桐也は、くるりと背を向けてリビングへと向かう。菫は草履を揃《そろ》えると、そのあとを追いかけた。

リビングに入ると、なんだか懐かしい匂いがして、思わず深呼吸をしてしまう。

（帰って、来たんだ……）

桐也と暮らす、ふたりの家。

離れていたのは、たった数日のことであるのに、まるで何年ぶりかに帰宅したような気持ちになって、菫はきょろきょろと辺りを見渡した。

ふたり並べばぴったりと肩が触れてしまう小さな台所、毎日の食事を共にしたテーブル、特製のコーヒーを一緒に飲んだソファ――。

ひとときおりを見渡しただけで、桐也と過ごした思い出が、菫の脳裏に次々と蘇《よみがえ》る。

(ああ、やっぱりここが、私にとっていちばんに落ち着く場所なんだ……)

帰って来た喜びを、ひしひし噛《か》み締めていると、視線を感じて顔を上げた。

「なんだかうれしそうだな」

「す、すみません!」

「? 何を謝っているんだ?」

「いえ、それは、その……」

菫は思わず、桐也から目をそらした。

(どうしよう。桐也さんの顔が見られない……)

我が家に帰りあらためて見た桐也は、会えないあいだに想《おも》った姿の何倍も、いや、何百倍もかっこよくて。

実を言うと、菫はさっきからずっと、ひとりでうろたえているのだ。

「菫」

愛《いと》しいひとが名前を呼ぶが、それでも顔が上げられない。

「……はい」

と、頬を赤らめながら返事をすると、ふわりと空気が動き、大きな温《ぬく》もりに抱き締められた。

「と、桐也さ……」

どうにかなってしまいそうなほど心臓が高鳴り、全身が熱くなる。そんな菫の首元に顔を埋めるようにして、桐也が言った。

「おかえり」

「っ……」

菫は息を呑む。

その言葉は、どんなに甘い愛の言葉よりも、菫の心を震わせた。

母と姉に虐げられ、居場所などどこにもなかった菫にとって、懐かしいと感じられる場所ができたこと、そして、おかえりと言ってくれる家族ができたことは、涙が出るほどにうれしいことだったたから。

「桐也さん！」

今度こそ、ちゃんと名前を呼んで、菫は顔を上げる。そして彼の野性的な瞳を、じっと見つめた。

「ただいま、帰りました」

そう言ったとたん目の奥が熱くなり、知らず知らずのうち頬に一筋の涙が流れる。

そしてふたりはどちらともなくまた抱き締め合い、離れていた時間を埋めるよう、互いの温もりを強く強く確かめ合ったのだった。

＊＊＊

自宅兼オフィスであるタワーマンションの一室で、美桜はアンティークのティーカップを片手に、拓海からの報告書をぺらぺらとめくっていた。

「へえ。あいつ、あの女を自宅に連れ込んだのか。やるじゃん」

満足そうにニヤリと笑いながら、紅茶を飲み干す。

「想定外の事件でしたが、女の懐に入り込むのには好機となったようです」

カチャリと空のカップが置かれると、清史《きよふみ》はすかさず二杯目を注いだ。

百九十センチをゆうに超える彼が手にすると、ティーポットはまるで子どもの玩具《おもちゃ》のようである。美桜の美しい顔を映した琥珀《こはく》色の液体が、ゆらりと揺れた。

「まァ、あれは余興のひとつだ。成功しようが失敗しようが、どちらでも構わないけどね。それで、あの女を襲ったチンピラの正体はわかったの？」

「いえ、まだ。犬飼の情報網にもかからないそうです」

「ふーん。あっそ」

頬杖《ほおづえ》をつき、報告書にクリップ留めをされた菫の写真を睨《にら》みつけながら、美桜は大きく舌打ちをした。

(どこのどいつだ……僕の獲物に手を出したのは……)

別にあの女がどうなろうが、知ったことではない。そんなことはどうでもいい。

ただ——美桜は菫のプロフィールの欄にある、配偶者の項目に視線を動かす。

——獅月組　若頭《わかがしら》　日鷹桐也
その名前を見て、親指を噛んだ。

(——日鷹桐也をヤるのは、この僕だ)

金色《こんじき》の暴れ獅子《じし》と呼ばれた桐也は、獅月組に入って変わってしまった。

獅月組が掲げる古臭い任俠《にんきょう》道は、桐也の瞳——あの、闇に堕《お》ちたように真っ黒に染まった瞳を奪ったのだ。

たてがみのような金髪を黒にして、まるで凡人のようなスーツを着て。時代遅れの親分に深く頭を下げている彼を見たときの衝撃は、いまだ忘れられない。

しかしまだ、望みはあった。

再び抗争を起こし、獅月組を壊滅させてしまえば、桐也はきっと、あのときの瞳を取り戻すはず――。

そう思って生きてきたのに、あんな女が現れて、桐也をすっかりただの男にしてしまったのだ。

「――あんたにはさァ。もっと綺麗《きれい》に壊れてもらわなくちゃ。昔みたいにね。フフッ」

かつての桐也を思い出して、美桜は思わず笑い声を零《こぼ》す。

「ねェ、桐也。結婚なんてダメだよ。男はさァ、護《まも》るものができると弱くなる」

そう言って、菫の写真を指で摘まむ。そしておもむろに引き出しを開けると、桜の彫刻が入った銀のライターを取り出した。

「だから――僕があんたを救ってあげるよ」

キンッと甲高い音がして、写真が赤く燃え上がった。

第五章　宣戦布告

そうして獅月組《しづきぐみ》と犬飼一家《いぬかいいっか》は極秘裏に協定を結び、桐也《とうや》と拓海《たくみ》は兄弟の盃《さかずき》を交わすこととなった。

獅月組にとっては、犬飼一家の持つ情報網や権力との繋《つな》がりにあやかれること。

兵力に不安のある犬飼一家は、一大組織である獅月組が後ろ盾につくこと。

双方に利点があり、その結びつきは二つの組織をより堅固なものへ高め合う形となった。

が、しかし。いまだ界隈《かいわい》のざわつきは収まらず、獅月組のシマでは、あちこちでいざこざが後を絶たなかった。

若頭である桐也は、それを収めるのに奮闘し、毎日忙しくする日々。

今日も、いつもより早い夕方の時間から見回りに出かけるというので、菫《すみれ》は軽食でも用意しようかと、ブラウスの襟を正しながら、寝室からリビングへと向かった——のだが。

「あの……と、桐也さん……？」

背後から抱き締められて、その動きを止められてしまう。

「桐也さん……どうか、したんですか？」

「………」

桐也は答えない。

「そろそろ出かける準備をしないと。私も、何か軽いものを作ります」

「──もう少し」

「え？」

「もう少し、このままでいさせてくれ」

「……はい」

菫は頬を染めて、頷《うなず》く。

「今日は夜通しの仕事になると思う。夕飯には、一度帰宅できるかもしれないが、また連絡する。何かあれば、すぐに連絡をしてくれ。予定は拓海にも共有してある。今日も無事で、待っていてくれな」

そう言って、桐也は菫の首筋に、やさしく触れるようなキスをした。

「はい。桐也さんも、ご無事で」

菫はそう言って桐也に向き直り、強く抱き締め合った。

離れ離れの期間を経て、二人の関係は変わった。以前よりも強い絆《きずな》で結ばれ、深い信頼のもと繋がっている感覚が、少なくとも菫にはある。

何よりも、自分には帰る場所があるのだという安心感が、菫の心を揺るぎないものにしていた。

(だから、私はもう、大丈夫。できないことを嘆くより、できることをしていくんだ)

桐也のあたたかい胸に顔を埋《うず》めながら、そう心の中で呟《つぶや》く。

「今日は、どのあたりの見回りに行かれるのですか?」

顔を上げて、訊《き》いた。

「今日はマサと約束していて、近場を廻《まわ》ろうと思っている」

それを聞いて、菫は思いついた。

「あの! その見回り、私もついて行っていいですか⁉」

「⁉ つ、ついて行くって、おまえ、俺が何をしに行くのかわかっているのか⁉」

「組員さんたちのお話などを聞いて、少しはわかっているつもりでした。けれど今回の件で、私はこの世界の本当のところは何もわかっていないと、思い知ったのです。だからこそ、知りたい。若頭の妻として桐也さんが身を置くこの世界のことを、私もこの目で見たいのです」

「菫……」

桐也は眉間に皺《しわ》を寄せて、少し困ったような表情をした。

「もちろん、桐也さんが来るなと言うのであれば無理は言いません。足手まといには、なりたくありませんから」

「…………」

しばらくの沈黙のあと、菫の両肩に置かれた手に、ぐっと力が籠った。

「──わかった。ついて来い」

「桐也さん……ありがとうございます！」

「ただし、俺が危険だと判断したら、おまえはすぐに帰るんだぞ」

「はい！」

「まぁ、俺がそばについている限り、そんな目には遭わせないがな」

桐也はそう言って、菫を安心させるように微笑《ほほえ》む。

それだけで菫は、まるで百人力を得た気持ちになるのだった。

＊＊＊

「桐也さん！」

さっそくマサとの待ち合わせ場所である繁華街に向かおうとした桐也だが、菫に呼び止められて立ち止まった。

「どうした？」

「あの、方向が逆です」

「あ？」

桐也は顔をしかめる。もはや庭ともいえる獅月組のシマで、その方向を間違えるはずはない。

「どういう、ことだ？」

「？　だって、見回りに行かれるんですよね？」

「そうだ」

「だったら、こっちです！」

菫が指差すのは、商店街のある方向だった。

「……そっちは商店街だが？」

「だからです！　この街の商店街は、おじいさんおばあさんが頑張っています。見回りをするなら、絶対に商店街ですよ！」

「………」

手をグーのポーズにして力説する菫の目は、いたって真剣だ。

（もしかして、見回りを地域の見守りと勘違いしているのか……？）

言うまでもなく、見回りというのは繁華街の用心棒のことだ。ケツ持ちをしているクラブや飲食店に厄介な客が来ていないか、界隈で揉《も》めごとはないかなどを見て回っている。

（いったいどう勘違いしたら、そうなるんだ……）

大真面目の菫を見て、すぐに訂正することもできず、桐也は困惑する。

組員たちの話を聞いていたと言っていたので、もしかすると、「店で喧嘩《けんか》をしていた客を追い出した（大乱闘）」だの、「オレオレ詐欺のグループを解体させた（シマで勝手に商売をしていたので）」だの、そういう言葉を、地域の治安維持のためにしていることだと思ったのかもしれない。

（いや、だとしたらヤクザいい奴過ぎるだろ……）

いろいろと言いたいことはあったが、しかし、あることに思い至った。

（だが確かに、商店街も俺たちのシマであることは間違いねえ）

獅月組の屋敷《やしき》は町内にあるのだし、ごく一部ではあるが、商店街には獅月組が所有している土地もある。

それに、親父《おやじ》である組長がよく言っていた。

極道はこの街の夜を仕切らせてもらっている。だからお天道様《てんとさま》が昇ったら、今度は昼の街に感謝をしなければならねえ——と。

(俺らみてえな、社会のはみ出し者の存在を許してくれてんだ。この街には、もっと感謝しねえとな)

胸に刻んだ親父の言葉を、桐也はあらためて嚙《か》み締《し》める。

(それに——菫を襲ったやつのことも何かわかるかもしれねえ)

事件が起こったのは、商店街からほど近い場所だ。チンピラがうろつくのは、何も繁華街だけとは限らない。むしろ事件現場に近く人通りの多い商店街こそ、めぼしい情報が拾える可能性があるのではないか——。

(そう考えれば、菫の言うこともまんざら間違いじゃねえ。むしろ俺らだけじゃあ、思いも寄らなかったことだ)

桐也は、ふっと笑みを漏らした。

「——やっぱおまえには敵《かな》わねえ」

「え？」

「いや、なんでもねえよ。そうだな。今日は商店街を回るか」

「はいっ！」

満面の笑みを浮かべて頷く菫を見て、桐也も思わず釣られてしまう。

「あっ」

「どうした？」

「マサさんは、どうしましょう？　待ち合わせをしているんですよね？　連絡をしてこちらに来てもらいますか？」

「ああ、忘れていた」

本来の見回り先が手薄になってしまうのは困るので、シンかゴウと合流をしてもらうことにしようと、桐也はスマホを取り出す。そして電話を掛けると、秒で出た。

『兄貴！　何してんすか⁉　俺、先に来てもう一時間も待ってるんすよ！』

いきなり早口でまくしたてるマサに「暇かよ」とだけ言って、桐也は用件を伝えた。

『待ってくださいよ、兄貴！　ふたりっきりの見回り、ずっと楽しみにしてたのに！』

「そういうわけだから、あとはよろしくな」

『あっ、兄貴！　兄貴～！』

電話口からはマサの悲痛な声が響いていたが、桐也はあっさりと電話を切った。

「マサさん、大丈夫でしたか？」

菫が心配そうに尋ねる。

「大丈夫だ。あいつのことは気にするな」

とは、言ったものの。

今度あいつが行きたがっていたゲーセンにでも付き合ってやるか——と、そう思いながら桐也は歩き出した。


夕方の商店街は思ったよりも多くの人で賑《にぎ》わっていて、少し面食らった。

実を言うと、桐也はこの場所にあまり足を踏み入れたことがない。

理由はひとつだけ。それは自分が、極道の人間だからだ。

商店街と繁華街の結びつきは強く、獅月組が経営などに携わる店はすべて、酒や食材、備品などを商店街にある店から仕入れている。そのため、この街に古くから住んでいる人間であれば、獅月組のことを知らない者はいなかった。

しかしそれは公然の秘密のようなもので、互いのことは知っていても、深く交わっているわけではないという複雑な関係だ。よって、自分のような立場の人間が、大手を振って街を歩くわけにはいかないと、桐也はそう考えていた。

「この時間は、ずいぶんと賑わっているんだな」

「はい。やの爺《じい》さんのお店や、そのほかにもお肉やお惣菜《そうざい》が夕方から安くなるんです」

「やの爺ってのは……あの『やのや』の店主か？」

「はい。いつもオマケをしてくれて、とっても優しいんです」

菫がそう言って、にっこりと笑った。桐也は短く「そうか」と答えたが、いつの間にか馴染《なじ》みの店主を愛称で呼ぶほど親しくなっている菫の様子を垣間見《かいまみ》て驚いてしまった。

同時に、ほっと胸を撫《な》で下《お》ろす。

菫が獅月組の人間であるということは、この狭い街では、すぐに噂《うわさ》になるだろうと思った。

そのことで彼女が肩身の狭い思いをしないだろうかと、桐也は心配していたのだ。

（菫は、この街に受け入れられたんだな。よかった……）

そんなことを思っていると、菫が「あっ」と声を上げた。

「噂をすれば、やの爺さんです！　しかもタイムセールですよっ」

「タ、タイムセール？」

「桐也さん！　行きましょう！」

「わっと」

いつになく強引な菫に腕を引っ張られて『やのや』へと走ると、そこには人だかりができていて、やの爺の威勢のいい声が響いていた。

「さぁて！　安いよ、安いよ～！　今日の目玉は大根！　一本なんと九十八円だぁ！」

「九十八円は安いです！　お買い得ですよ、桐也さん！」

「お、おう……」

らんらんと目を光らせて力説する菫の迫力に圧倒されていると、やの爺が声に気づいた。

「菫ちゃん！　いらっしゃい！」

「やの爺さん、こんにちは！」

「おっ、今日は旦那さんも一緒じゃないか」

おや、という顔をしたやの爺に、桐也も声を掛けられた。

「久しぶりだねえ。日鷹《ひだか》の旦那！　祭り以来かい？」

「はい、ご無沙汰しております」

と、深く頭を下げる。

やの爺こと矢野佐太郎《やのさたろう》は、振興会の組員なので、獅月組主催の夏祭りで顔を合わせたことが何度かある。

親父の代から懇意にしていて、義理ごとの際に贈る盛り籠なども、いつも『やのや』で頼んでいた。しかしそうした買い物は、いつも組員たちに頼んでいるので、こうしていち客として来店するのは、はじめてのことだった。

「やの爺さん、お変わりはありませんか？」

と、菫が訊《き》く。すると、やの爺は健康的な歯を見せて、にっかりと笑った。

「おうよ！　元気いっぱいだぜ。それより、菫ちゃん！　今日は大根が安いよ！」

「はい。さっき、聞こえてきました！」

「新鮮だから、葉っぱまで美味《おい》しく食べられるよ！　油でよく炒《い》って、ふりかけにするのがおすすめだぁ」

菫は目を丸くして「それはいいですね！」と言い、ふたりは大根の葉っぱを使ったレシピの話で盛り上がっていた。

（お、俺も会話に入ったほうがいいよな……）

このあたりの異変について、怪しまれず聞き込みをするためにも、そのほうがいいだろうということはわかっているのだが、極道の人間が気軽に世間話に入っていいものかという迷いと、菫の夫として公の場にいるこの状況が思いのほか照れくさいということもあって、どうにもうまくいかない。

「――そんな新鮮大根が一本九十八円ってんだから、今日は本当にお得だよ！」

「それじゃあ一本いただいちゃいます！」

（買うのか!?）

「毎度！　今日はネギもお買い得なんだが、どうするかい？」

「じゃあ、ネギもください！」

（ネギも!?）

「毎度！　菫ちゃんは常連さんだからね！　一本オマケしとくよ！」

「わぁ、ありがとうございます！」

（ネギが増えた……！）

そうして大根とネギを入れたエコバッグを、やの爺はなぜか桐也に渡した。

「はいよ。毎度あり！　いやぁ、しかしよかったよ。あんた男前だけど、いかんせん無愛想だからなぁ。アレでいい嫁さんが見つかるのかって、親分も心配してたんだぞ」

「親父《おやじ》が……？」

それは、はじめて聞く話だった。

「ああ。ワケあってな、親分には昔、ちょっとばかし世話になったんだ。だからさ、息子同然に可愛《かわい》がってたあんたが結婚したって聞いて、俺ぁうれしかったんだよ」

そう言って、やの爺は照れくさそうに笑い、人差し指で鼻をこすった。

「だから、これ」

「え？」

エコバッグとは別に、もうひとつビニール袋を渡される。

「結婚祝いだ。菫ちゃんと一緒に食べな！」

ずっしりと重い袋の中を覗《のぞ》くと、大きくて艶のあるりんごがごろごろと入っていた。

「ありがとう、ございます……」

「こんなにやさしくって器量よしの嫁さん、大事にするんだぞ！」

そう言って、やの爺は気合いを入れるように、バンと一発背中を叩《たた》いた。

その力強さと手にした袋の重みが、そのまま彼の大きなまごころのようで――。

「はい。もちろんです」

人情にはめっぽう弱い桐也の目頭が、思わず熱くなる。

極道の人間が一般社会の人間に近づいてはいけないと、そう思って、やの爺とも深く関わることは避けていた。しかしそれは思い込みで、彼は桐也に偏見を持つことなく迎え入れてくれた。思いがけず、親父との知られざる関係の話まで聞けて、桐也の胸がぐっと詰まる。

しかしこんなところで泣くわけにはいかず、拳を握って堪《こら》えると、本題に入った。

「矢野さん。少し、お話を伺ってもいいですか？」

「なんでい？　日鷹の旦那！」

やの爺は笑顔で答えたが、しかし桐也のただならぬ目つきを見て、表情を変えた。

「――なんか、あったんかい？」

「――ちょっと。最近、このあたりで何か変わったことはありませんでしたか？」

「変わったことねえ……」

やの爺は顎に手を当てて、しばらく考えたあと、あっと声を上げた。

「そういやぁ、見かけねえ若いやつらが二人、このあたりをうろうろしてたな」

「若いふたり組……ですか」

「ああ、ビシッとした上等のスーツ着てたぜ。ちょっと派手だったけどな」

見慣れない顔とはいえ、派手なスーツを着ていたというだけでは、とくに怪しい点は見当たらない。それなのに、やの爺が彼らの存在を異変と判断した理由を知りたいと思い、桐也は更に尋ねた。

「なぜ、そのふたりが気になったんです？」

「うーん……なんて言ったらいいんだろうなぁ……商売人の勘と言っちゃあそれまでなんだが……あいつら、普通のサラリーマンじゃねえ感じがしたんだよ」

「普通では、ない……」

桐也はなぜか、やの爺のその言葉が引っ掛かった。

「それだったら、俺も見たぜ！」

するといいと、甲高く威勢のいい声が飛び込んできた。『うおはる』の健次《けんじ》である。

「買い物もしねぇで店をジロジロと見渡してやがったから覚えてたんだ。声掛けたら、『これは失礼いたしました』なんて言ってさ。ちょっと気取ってやがったな」

「店をジロジロと見渡す……」

それは気になる行動だ。

すると話を聞きつけて、『肉のしばもと』の三郎《さぶろう》もやって来た。

「俺が見たのは、見るからにガラの悪い三人組だった」

格闘家も顔負けのがっちりした体型をした三郎は、ぼそぼそとぶっきらぼうに話す。

「それは、どんなやつらでしたか？」

「うーん。詳しくは覚えていないが、怖そうな顔してたよ」

「サブちゃんが怖いってんなら本物だ」

やの爺がそう言って、健次も頷《うなず》く。いかにも物騒な情報を聞いて、隣にいる菫も不安そうに桐也を見上げた。

（ただのゴロツキか、それとも……）

顎に手を当てて考えていると、健次が言った。

「兄ちゃん！ そいつらのこと探してんのかい？」

「いえ。ただ、少し気になることがありまして」

「だったら俺が口利いてやるよ」

「え？」

「こう見えて俺ぁ、このあたりじゃ顔が利くんだ。昔気質《むかしかたぎ》の商売人にゃあ、難しい奴もいるからな。兄ちゃんが来たら話してやるよう、先回りしてみんなに言っておくよ」

「それは助かります！」

桐也は思わず、声を大きくした。

犬飼一家によって様々な情報が入るようになったとはいえ、こうした地元住民の情報というのは、やはりなかなか得難い。そのあたりを、顔の広い『うおはる』の健次に、口利きしてもらえるのはありがたかった。

「顔が利くっておめえ。そりゃあ、昔ヤンチャしてっから！ 悪目立ちの間違いだろ！」

するとやの爺《じい》が、そう茶々を入れる。

「う、うるせえ！ 余計なこと言うんじゃねえよ！」

と、健次が顔を赤くして叫び、周囲からもどっと笑い声が起こった。

「みなさん！ ありがとうございます！」

菫が頭を下げると、なんということはないというように、三人は笑顔で手を振る。

その光景を見て、桐也は思った。

（ああ、親父が言っていたのは、こういうことだったんだな……）

極道を生かしてくれているこの街に感謝をすること――桐也は今日はじめて、その言葉の本質を理解できたような気がした。

（それもこれも、菫のおかげだ）

やの爺たちと話しながら、笑みを浮かべている彼女を見やる。

極道の人間である桐也に、彼らがあたたかく接してくれたのは、菫がここで普通の日常を送ってくれていたからにほかならない。

もし菫に、大げさな護衛や送り迎えの車をつけていたら、こんなふうにはならなかっただろう。結果的には彼女を危険に晒《さら》すことになってしまったが、菫が身ひとつでこの街の人々と関わりをもってくれていたからこそ、いまのこの状況がある。

（菫、ありがとうな）

桐也は心のなかで礼を言って、やの爺たちに向き直った。

「恩に着ます。本当にありがとうございます」

頭を下げながら、思う。

（この街のため、俺にできることをしなきゃあな）

菫がこのあたりで暴漢に襲われたということは、どこかの勢力が獅月組のシマに入り込んでいるかもしれないということだ。

それも、女に刃物を向けるような輩《やから》である。

もしまた同じようなことが起こって、一般市民が巻き添えになることだけは、決してあってはならないことだ。

「なぁに。いいってことよ！」

腕組みをしたやの爺が、にっかりと歯を見せる。健次と三郎も、同じ気持ちだというように力強く頷いた。

桐也は彼らに感謝の意を込めて、再度深く一礼をする。

「さぁ、菫。そろそろ次へ行くぞ」

「はい！　次は、お豆腐の幸子《さちこ》おばあちゃんのお店に行きましょう」

「幸子おばあちゃん？」

菫は頷いたあと、まるで重大な秘密を話すかのように声を潜める。

「――この商店街一番の情報通なんです！　きっと何か知っていますよ」

その真剣な顔を見て、桐也は思わず笑ってしまった。

「……ったく。おまえはどこにいても、おまえなんだな」

菫は「？」と首を傾《かし》げる。

金色の暴れ獅子《じし》と呼ばれ、天下の獅月組若頭を務める日鷹桐也の両手には、ネギと大根が飛び出したエコバッグと、りんごがぎっしり入ったビニール袋が握られていて。

でもそんな自分も悪くないと、桐也は少しだけ、そう思ったのだった。

＊＊＊

「菫、いまから少しいいか？」

商店街での聞き込みを終えて、数日後のこと。昼食を一緒にとり、洗い物を終えた菫に、桐也が言った。

「はい、大丈夫です」

「おまえにも、現状の話をしておきたいと思ってな」

真剣な眼差《まなざ》しを向けられて、菫は慌ててエプロンを取り、桐也の向かいに座る。

「商店街で聞いた話を、覚えているか？」

「はい。やの爺さんたちは、スーツを着たふたり組と、ちょっと見た目の怖い三人組の男性がいたと、おっしゃっていましたね」

「それなんだが、ちょっと気になってな」

「はい。平和な商店街に怖そうなひとがうろうろしていると聞いては心配です」

「そっちも確かに心配だが、俺が気になったのは、スーツのふたり組のほうだ」

「え？」

菫の感覚では、三郎の言っていた「ガラの悪い三人組」のほうが怪しむべき人物ではないかと思っていたので、少し驚く。

「どういったところが気になったんですか？」

率直に気になって、菫は訊《き》いた。

「頻繁に目撃されているにも拘《かか》わらず、奴らは買い物をしていない。専門店ばかりが並ぶ商店街に、用事もなく何度も足を運ぶのは不自然だ」

「確かに！　そうですね」

「それからもうひとつ。やの爺が言っていた、商売人の勘だ。この街で長年客商売をしているやの爺が、彼らに何か異変を感じたのなら、俺はそれを信じようと思ってな。実は、拓海に調査を依頼していたんだ」

「拓海さんに！　それは頼もしいですね」

両手を合わせてそう言うと、桐也も笑みを浮かべて頷いた。

「ああ、さすがは犬飼一家だよ。奴らの正体は、すぐにわかった」

「いったい何者だったんですか⁉」

菫は思わず身を乗り出す。桐也は少し考えてから、言葉を選ぶようにしてゆっくりと口を開いた。

「奴らは――とある開発会社の人間だった」

「開発……会社。それではやはり、怪しい方々ではなかったということですか」

確認するように訊いたのは、桐也が厳しい表情をしていたからだ。

「そのはずなんだが、少し気になる点があるらしい」

「気になる点……」

「それに関しては、拓海が引き続き調査中だ。また詳しいことがわかったら、おまえにも話そうと思う」

「はい、わかりました」

その目をまっすぐに見て、菫は頷いた。

桐也がこうして仕事の話をしてくれることは、彼が菫を信頼している証《あかし》のようで、少しうれしい。しかしそのことに喜びを感じるのと同時に、身が引き締まる思いにもなって、菫は深く息を吸った。

「いまだ詳細はわからないとはいえ、ガラの悪い三人組という目撃証言もある以上、商店街で何か異変が起こっている可能性は否定できない。そしてその可能性は同時に、おまえにもまたいつ危険が及ぶかわからないということだ。だからこのあたりの治安については、いま拓海に任せている」

「拓海さんなら安心ですね」

「ああ。もちろんおまえに何かあったときは、すぐに駆け付けるから安心しろ」

「はい。ありがとうございます」

菫がそう言うと、桐也は安心したようにほっと息を吐いたが、しかしすぐにその表情に憂いの影が落ちた。

「菫、すまない」

「え？」

「最近は、ずっとひとりにしてしまっているな。本当なら俺がずっとそばについていてやりたいが――」

そう言って言葉を切った彼の頭には、獅月組のことが浮かんでいるのだろう。

「わかっています。桐也さんは――」

菫がそう言いかけたとき、桐也の胸ポケットにあるスマホが鳴った。

「マサか――何？　暴動⁉」

不穏な言葉が聞こえて、息を呑《の》む。

「わかった。すぐに行く」

そう言って立ち上がった桐也に、菫は素早くジャケットを渡した。すぐに仕事モードに切り替わった桐也だが、しかし心配そうな顔をして菫を振り返る。

「私のことなら心配ありませんから。早く、みなさんのところへ行ってあげてください」

気兼ねなく仕事に行ってもらえるよう、努めて明るくそう言ったが、本当は、菫だって心配だ。

獅月組のシマで起こっている異変と、拓海の告白によって明るみに出た、龍桜会《りゅうおうかい》の企《たくら》み。

桐也は獅月組の若頭として、そのすべての案件に対して指揮を執り、現場にも足を運んでいる。それに加えて、組のシノギも普段どおりこなしており、その表情には、さすがに疲労の色が滲《にじ》んでいた。

しかしそんな状況のなかでも、彼が何よりも菫のことを心配してくれているということは、菫自身が一番よくわかっている。

だから菫は、力強く言った。

「いってらっしゃい」

その言葉を聞いた桐也は、一瞬だけ目を見開いたあと、ふっと笑みを浮かべて答える。

「ああ、いってくる」

言葉は、それだけでよかった。

そして菫は今日も、どうかご無事でと祈りながら、愛《いと》しいひとを見送った。


そうしていつもより早い時間に桐也が出て行き、夕飯にはもう戻らない可能性もあったが、それでも菫はいつもどおり、食材を買いに商店街へと出かけた。

(こんな状況だからこそ、いつもの家で、いつものように、おかえりなさいって言うんだ)

疲れて帰宅する桐也のために部屋を整え、おいしい食事を用意して、あたたかく彼を出迎えること。それが、いま桐也のためにできる精いっぱいのことだから。

(たくさん食べて栄養をつけてもらわないと！)

そう思って、たっぷりの野菜を買うべく、やの爺《じい》の店『やのや』へと顔を出した。

「やの爺さん。こんにち――」

店内に足を踏み入れようとして、息を呑む。

そこには派手なスーツに身を包んだ背の高い男が二人、やの爺を囲むようにして立っていた。

(あの二人……もしかしてさっき桐也さんが言っていた開発会社の……？)

銀フレームの眼鏡をかけ、ストライプのスーツを着た男が、やの爺に一枚の紙を見せて何やら話している。

「ですから。事前にこちらの文書で通達はしていたはずです。今月中に、立ち退きをお願いしたいと」

(立ち退き？)

不穏な言葉が聞こえて、菫は考えるよりも先に飛び出していた。

「やの爺さんっ！　どうかされましたか？」

「菫ちゃん！　聞いてくれよ！　こいつらいきなりやって来て、この土地を買い取るからすぐに店畳んで出て行けって言うんだ！」

「そんなっ」

菫が声を上げると、眼鏡の男がこちらを振り返った。

「ご家族の方ですか？」

「い、いえ。違いますが……」

「無関係の方でしたらお引き取りください。我々は忙しい。このあとも、近隣の店を廻《まわ》らねばならないのでね」

「そうそ。お嬢ちゃんはお呼びじゃねえの！　つか野菜なら、あっちのスーパーのほうがいいっしょ。なんなら俺、ついて行ってあげようか？」

隣にいた、淡いブラウンのチェック柄のスーツに身を包んだウェーブ頭の若い男が、ニヤニヤとからかうような目つきをして、菫の顔を覗《のぞ》き込んだ。

「っ……お嬢ちゃんじゃありませんっ！　私はっ……」

獅月組若頭の妻であると、思わず口にしそうになりとどまる。

(感情的になっちゃダメ……)

彼らの正体がわからない以上、気持ちに流されて桐也に迷惑を掛けてしまうようなことだけは、決してあってはならなかった。

菫はぐっと言葉を飲み込んで、こっそりと鞄《かばん》のなかのスマホを操作する。

(時間稼ぎ、しないと)

顔を上げて、二人を睨《にら》みつけた。

「──私は、ただの常連客です。立ち退きとは、どういうことですか？」

「はぁ？　なにゆってんの？　おたく日本語わっかりますかぁ〜？」

挑発するように顔を近づける若い男を、眼鏡の男が押しのけて言った。

「申し遅れました。わたくしどもは、新地域開発株式会社と申します。地域振興のための開発プロジェクトの一環として、このあたり一帯にマンションを建設することになりました」

「それでやの爺さんに店を立ち退けと言うんですか⁉」

「はい。もちろん土地はこちらで買い取らせていただきます。常連の皆さまにはご不便をおかけいたしますが、これもこの街を盛り上げるため。今後はショッピングモールを建設する予定もありますから、ぜひ楽しみにしていてください」

「そんなものは望んでいません！　そもそも、勝手にそんなことをするなんて、許されるんですか⁉」

「ええ。ですから文書にて、事前告知はさせていただきました。無論、立ち退きに応じないというのであれば、話は別ですがね」

「そんなもん誰が応じるか！　代々受け継いできた大事な店を、おめえらみてえなどこの馬の骨ともわからんやつに売り渡すわけがねえだろ！」

やの爺が嚙《か》みついたが、男は表情ひとつ変えなかった。

「破格の条件だと思いますがね。商売なら、また新たな場所でやればいい。そのくらい簡単にできる金額を提示しているつもりですよ」

「そうそ！　あっ、なんならおっちゃんだけ特別にさ！　新しく作るショッピングモールに、テナント用意してやってもいいんだぜ？」

「ふざけんじゃねえっ！　俺は絶対にこの店を譲らねえ！　あんた他も廻るって言ってたがな。悪いが無駄足だ。返事は皆同じだぜ」

やの爺がまくし立てると、男はやれやれといったふうに肩をすくめた。

「困りましたね。そうなると、こちらも強硬手段に出なければならなくなります」

「強硬手段だぁ？」

するとまるで、タイミングを見計らっていたかのように、黒塗りの車が店先に乗り付け、キッとブレーキ音を響かせた。

運転席から降りてきた背の高い男の姿を見て、菫は息を呑む。ゆるくパーマをかけたツーブロックヘアに黒いスーツ。左耳には特徴的なシルバーリングのピアスが光っていて、その人目を引く見た目はよく覚えていた。

（あれは龍桜会の鯉塚《こいづか》さん……！　ということは――）

ドアを開ける重低音と共に、後部座席から覗いたのは白いスーツ。

降りてきたのは、龍桜会若頭・龍咲《りゅうざき》美桜《みおう》だった。

(どうして美桜さんが……?)

菫が困惑していると、開発会社の男たちは揃《そろ》って店を出て、美桜を出迎えた。

「これはこれは龍咲さん。わざわざ現場までご足労いただくとは」

「様子を見に来たんだ。進捗はどうだい?」

「それが……」

話をしながら連れ立って店内に入ってきた美桜は、菫の姿を見て表情を変えた。

「待ってよ。なんであんたがここにいんの?」

「――美桜さん。もしかしてこの件には、あなたが絡んでいるのですか?」

「フン。あんたに答える義理はないね」

そう言って美桜は、菫を軽蔑の目で見下ろした。

やの爺が、叫ぶ。

「おいっ! 誰だ! あんたもこいつらの仲間か!? この土地は絶対に渡さんぞ!」

しかし美桜は眉ひとつ動かさず、懐から扇子を取り出して顔を覆った。

「チッ……うるさいなぁ。やっぱりね。この街は古臭《い》い人間が多いから、こうなると思ったんだ。でもまぁ、安心してよ。こっちも活きのいいのを連れてきたから」

そう言って指を鳴らすと、どこからともなく強面《こわもて》の男たちが三人、ずかずかと店に乗り込んできた。おそらく龍桜会の組員だろう。腕まくりをしたシャツから、鮮やかな入れ墨が覗いている者もいる。

「お、おい！　なんだ？　なんなんだあんたら！」

「きゃっ」

男たちは菫を押しのけて、美桜の背後に並んだ。

「せっかくいい条件を出してやったのにね。聞き分けの悪い頑固親父《おやじ》はこれだから……」

美桜はパシッと扇子を閉じる。そして、ずらりと並んだ組員たちに言った。

「ま、サクッとやっちゃってよ」

扇子を持った手を、空中でくいっと返したのを合図に、男たちは怒声を上げながら、店内をめちゃくちゃにし始めたのだ。

「お、おい！　やめろっ！」

「やめてくださいっ！」

真っ赤なトマトが地面に落ちて、ぐちゃりと潰れる。新鮮な野菜が次々と宙を舞って、ぼとぼとと無残に散らばった。

「さて、と。ここはこいつらに任せてさっさと次へ行こうよ」

美桜がそう言うと、男たちも後に続いた。菫は走って、追いすがる。

「待ってください！　美桜さん！　私はこんなことっ……こんなことは許しません！」

「チッ……めんどくさいなァ！　おい、この女もテキトーにやっちゃって」

美桜がそう言うと、組員のひとりが「へへっ」と下卑た笑いを浮かべながら菫の腕を摑《つか》んだ。

「きゃっ」

「へへっ、嬢ちゃん。威勢のいいのは結構だが、命取りになるぜ？」

男の手にぐっと力が籠る。

「くっ……」

その痛みに菫が顔をしかめた、そのときだった。

――ぱしっ。

手首の痛みから解放され、目を開ける。

そこにいたのは、拓海だった。

「――汚い手で姐《あね》さんに触るな」

静かにそう言って、男の手をひねり上げる。「ぐわあ」という叫び声が響いて、暴れていた組員たちも思わず静まり返った。

「到着が遅れて申し訳ありませんでした。菫さん、おケガはありませんか？」

「はい、私は大丈夫です。来てくださって、ありがとうございます」

「あなたをお護《まも》りすると誓いましたから。お呼びがあれば、すぐに馳《は》せ参《さん》じますよ」

拓海は菫に、やさしく微笑《ほほえ》みかけた。

「おい、おまえ！」

驚いたのは、美桜である。

「どういうことだ!? いま、この女を姐さんと――」

拓海は男の手を放り投げるように離し、ゆっくりと振り返った。

「僕と桐也さんは五分の兄弟として盃《さかずき》を交わしました。ですから菫さんは、僕の姐御《あねご》ということになります」

「っ……なんだって!?」

「申し訳ありません、美桜さん」

拓海はそう言って深く頭を下げると、懐から封筒を取り出した。

「そういうわけですから、こちらはお返しいたします。詫《わ》びとして、中身には色をつけさせていただきました。これで龍桜会との契約はなかったことにしていただけませんか？」

「なっ……」

拓海がそう言うと、美桜の顔がみるみるうちに赤くなった。

「貴様……この僕を裏切ったな!?」

「これは裏切りではありません。僕は、報酬分きっちり働くとお伝えしました。ですからこの金さえ返してしまえば、仕事を断るのも僕の自由のはずです」

拓海は、ふっと小さく笑う。

「貴様ぁ……！」

美桜は怒りに震えながら、その封筒を掴み地面に叩《たた》きつけた。その拍子に封が開いて、万札がばらばらと散らばる。

美桜はそれを一瞥《いちべつ》したあと、「清史《きよふみ》！」と、背後に控える舎弟を呼んだ。

「――拾え」

「はい、頭」

命令を受けた清史は、すっと前に出て膝をつき、淡々と金を拾い集める。美桜は冷酷な表情で、その様子をじっと見降ろしていた。

「これで全部です」

清史によって封筒に戻された札束を受け取った美桜は、中身を見ることなく拓海を睨みつけた。

「この僕を裏切っておいて、この程度で色をつけた？　ハッ、笑わせないでよ。詫び金ならさァ、この倍は貰《もら》わなくちゃ。でも、落ちぶれた極道のあんたには無理な相談だよね。だから、そうだなァ――」

たっぷりと間を取って、美桜がニヤリと笑った。

「ここでケジメをつけてあげるよ」

その言葉に、菫は思わず息を呑《の》んだ。ざっと足音がして、龍桜会の組員たちが、一斉にこちらを見る。その瞬間、拓海は菫をかばうように、素早く前に躍り出た。

「菫さん、下がっていてください」

「はい」

耳打ちをされて、菫はやの爺《じい》を伴い、店の奥に隠れる。

「こちらの事情まで気遣っていただけるなんて、美桜さんは紳士的な方ですね。それでは、ぜひお言葉に甘えて――」

拓海は指をポキリと胸の前で鳴らすと、余裕綽々《よゆうしゃくしゃく》の表情でにこりと笑った。

「――そうさせていただきます」

「しょせん情報屋が強がりを！　おまえごときがこの人数に適《かな》うはずがない！　やれ！」

美桜がそう言うと、三人の屈強な男たちが拓海に飛び掛かった。

「拓海さん！」

菫は思わず声を出したが、それは、あっという間のできごとだった。

拓海はひとりの男の腹に鋭い蹴りを入れたかと思うと、殴りかかろうとした男の腕を利き手ではない左手で摑み、強い力で握り締めた。腕を摑まれた男が「ぎゃあ」と、悲痛な叫び声を上げる。

残りの男は顔に向かって拳を振り下ろそうとしていたが、仲間の叫び声に怯《ひる》んだようだ。

その一瞬のためらいを見逃さず、拓海は蹴りをくらわせる。

そして最後の仕上げだと言わんばかりに、摑んでいた男の腕をひねり上げ、そのまま地面に振り払ったのだ。

「す、すごい……」

菫は思わず呟《つぶや》く。しかしそれも束《つか》の間《ま》、倒れ込んだ男たちはうめき声を上げながらも、再び立ち上がろうとしている。

「さすがは龍桜会が誇る組員のみなさんですね。僕はしょせん情報屋ですから……たしかにこの人数をひとりで受けて立つのは厳しそうです。これは、兄弟の力を借りないと」

「兄弟？」

美桜は顔を上げたが、それが桐也のことだと思い当たると、とたんに高笑いをした。

「ハッハ……残念だったね！　桐也なら来ないよ。こんなこともあろうかと、今日はシマのあちこちで、うちの若い衆を大暴れさせているんだ」

その言葉を聞いて、菫の肩が上がる。ここ最近に獅月組のシマで起こっている異変は、龍桜会が仕掛けたものだったのだ。

さっき桐也の言っていた、暴動という言葉が頭をよぎり、菫の体にひやりと冷たいものが走ったが、しかしすぐに首を振った。

(桐也さんなら、きっと大丈夫)

その気持ちは拓海も同じだったようで、彼は少しも動じることなく、冷静な表情のままため息をついた。

「最近頻発しているトラブルは、やはりあなたの仕業でしたか。桐也さんや組員たちを繁華街に集めることで、獅月組事務所の周辺を手薄にすることが目的ですね。商店街には、一部獅月組所有の土地もある。いわばシマ荒らしである地上げ行為をスムーズに行うため、わざと繁華街の治安を荒らしていたと、そういうことだったんですね」

「ハッ。だから何？　この世界は力のあるものが勝つんだ。邪魔をする奴は力でねじ伏せるだけさ。さすがの桐也も、今ごろボコボコにされて――」

「――誰がボコボコにされてるって？」

聞き慣れた愛《いと》しいひとの声がして、菫はハッとする。

「桐也さんっ！」

「遅くなって悪かったな。さすがに人数が多くてよ。ちょっと手こずっちまった」

振り返ると、そんな大人数の相手をしてきたとはとても思えない、いつもどおりの桐也がそこにいた。

「時間稼ぎ、ありがとな」

「いえ。拓海さんも桐也さんも、絶対に来てくれると信じていましたから」

菫がそう言って笑うと、桐也がそっと頭を撫《な》でた。

桐也の姿を見て、美桜の顔色が変わる。

「ど、どうしてっ……どうして桐也がここに……」

「ああ？　んな雑魚どもで俺を倒せると思ったら大間違いなんだよ。それに俺には、信頼できる仲間がいるからな。あとは任せてきた」

「くっ……し、しかしそれでも二人だ！　こっちには控えている組員もいる！　そいつらを呼べばあっという間に――」

その言葉を聞いて、桐也はふっと笑みを漏らした。

「悪《わり》ぃが、こっちも二人じゃねえぜ？」

「え？」

美桜が顔を上げると、『やのや』の店先はいつの間にか、ぐるりと大人数の人で取り囲まれていた。

「なっ、こ、こいつらは!?」

「やの爺のピンチだってんで、飛んで来たぜ！　暴走カジキのケンたぁ俺のことよ！」

なぜか青光りするカツオを背負って見得を切るのは、『うおはる』の健次だ。隣には、妻のミツ子《こ》もいる。

「ミンチにしている途中だったんで、こんななりですみません」

と、肉切り包丁をかざして組員たちを震え上がらせているのは『肉のしばもと』の三郎。

そのほかにも『カトー豆腐店』の幸子《さちこ》や、惣菜《そうざい》店のおしどり夫婦、電気店の二代目に、お茶店の看板娘、なんと『のなみ書房』の店主まで、商店街の面々がずらりと桐也の背後に並んでいる。

「うおはるのケンさんに三郎さん！　それに、幸子おばあちゃん！　野並さんまで！　みなさん……来てくれたんですね！」

その圧巻の光景を見て、菫は思わず声を上げた。

「助太刀にきたぜ、菫ちゃん！」

健次がウインクをしたが、ミツ子に「格好つけんじゃないよ！」とどつかれて、どっといつもの笑い声がおこった。

「つーわけで。こっちの軍勢はこれだけいるが、どうする？」

桐也が言うと、美桜はぐっと押し黙った。

清史がやって来て、耳打ちをする。

「頭、引きましょう。素人を相手にするのはまずいです」

「っ……わかってる！」

美桜は清史の手を振り払った。

「桐也ぁっ！」

商店街の大通りに、美桜の声が響き渡った。

「僕に……この僕に喧嘩《けんか》を売ったな!?　フフッ、上等だよ……これで心置きなく、おまえと戦える……」

美桜はニヤリと笑って、その顔をぐっと桐也に近づけた。

「──これは宣戦布告だ。今度こそ、おまえに真っ赤な桜吹雪を見せてやる」

「──へえ、そりゃあ風流だ。楽しみにしてるぜ」

因縁の龍と獅子《しし》が、なんと言葉を交わしたのかはわからない。

美桜は風のように素早く踵《きびす》を返すと、清史に促されて車に乗った。

エンジン音が遠ざかる。

彼らが去ったのを見て、龍桜会の組員たちも蜘蛛《くも》の子を散らすように逃げて行き、残されたのはスーツの二人組だけになった。

「ちぇっ。なんだよアイツ！　ひとりだけさっさと逃げやがってぇ」

残されたウェーブ頭が口を尖《とが》らせて悪態をつく。もうひとりの男は、カチャリと眼鏡を上げると、深くため息をついた。

（このひとたちは何者なの……龍桜会との関係は……？）

男たちは、これだけのことが起こっても顔色ひとつ変えていない。美桜とも親しい様子であり、もしかしたら堅気の人間ではないのかもしれないと、菫は思った。

桐也や拓海は、すでに何か知っているのだろうか。その顔を見ると、ふたりは含みのあるような目をして男たちをじっと見ていた。

その視線に気づいたかのように、眼鏡の男がこちらに会釈をする。

「私たちも、今日のところはこれで」

「待ってください」

呼び止めたのは拓海だ。

「──なんでしょう？」

「あなたたちは、どこの組の方でしょうか？」

にこりと微笑《ほほえ》みながら言った言葉に、菫はハッと肩を上げる。しかし男は動じないまま答えた。

「なんのことです？ 我々は新地域開発株式会社の──」

「それ、出鱈目《でたらめ》ですよね？」

「何を根拠にそんなことを？」

「すみません。あなた方のことは、すでに調査済みなんです。登記簿を見ても、新地域開発株式会社なんて会社は、どこにも見当たりませんでした。住所にある事務所は、電話ひとつ置いてあるだけのがらんどう。いわゆるペーパーカンパニーですね。このあたりの地価は、急激に上昇しています。龍桜会と組んで地上げ行為を行い、手に入れた土地を競売にかける──目的はさしずめそんなところでしょうか？」

男は拓海の質問には答えず、再び眼鏡をかけ直した。

「ヤクザにも、多少は頭の切れる人間がいるのですね」

「お褒めいただきありがとうございます」

拓海がにっこりと笑いかけたが、男たちはこちらを振り返ることなく去って行った。

「菫ちゃん！　日鷹の旦那！　それから兄ちゃんも、ありがとうな！」

やの爺《じい》は代わる代わる三人の手を取って、何度も頭を下げた。

「そ、そんな。私は何もしていません」

「いやぁ、菫ちゃんはたったひとりであいつらに立ち向かってくれたんだ！　普通できることじゃねえよ。日鷹の旦那は、ほんっといい嫁さんもらったもんだぁ」

そんな言葉はもったいないと、菫は言おうとしたが、しかし桐也が言った。

「ええ、そのとおりです。彼女には、いつも感謝をしています」

（桐也さん……！）

これまでのことを経たうえで、桐也からそう言ってもらえたことに、菫の胸は感激で熱くなる。

「それから拓海にも、感謝をしている。おまえが駆けつけてくれなければ、どうなっていたか――」

「これくらいは朝飯前ですよ」

拓海は謙遜して笑ったが、桐也の言うとおりだと、菫も頭を下げる。

「本当にありがとうございました」

「いえ。菫さんがご無事でよかったです。それにしても、驚きましたよ。呼ばれて駆けつけてみれば、その実態を調査中の開発会社と、龍桜会のボスが揃《そろ》い踏《ぶ》みをしているのですから」

「あの方たちは、何者なんですか？　龍桜会とのつながりは――」

さっき拓海が言った言葉を思い出して、菫は訊《き》いた。

「まだ、わかりません。確かなのは、彼らと龍桜会は別の組織だということです。このあたりをうろうろしていたという複数の輩《やから》は、龍桜会の人間でした。おそらく、商店街のみなさんに脅しをかけることが目的でしょう。よくある手口です」

「龍桜会は縄張りの拡大を狙って、商店街に目をつけたんだろう。だが、もう大丈夫だ」

桐也の言葉を聞いて、菫はほっと胸を撫で下ろす。

「よかったです。でも……」

菫はいまだ山積みである問題のことを思って、うつむいた。

界隈《かいわい》を脅かす見えない敵、新たな謎の組織、そして龍桜会からの宣戦布告——。

これからの未来がどうなってしまうのか、菫には予想もつかない。

ただひとつわかっているのは、獅月組を取り巻く状況は、これから大きく変わってしまうだろうということだ。

すると、まるで菫の不安を察したように、桐也が頭の上に、ぽんと手を置いた。

そしてたった一言を、力強く言う。

「——心配するな」

不思議とそれだけで、菫の不安は霧が晴れるようになくなっていき、菫も強く頷《うなず》いた。

(これから何があったとしても、桐也さんさえいれば、大丈夫——)

そう思い顔を上げると、彼の切れ長の目と視線がぶつかる。

「菫、おまえが無事で本当によかった」

桐也はそう言って、そっと菫の頰に触れた。

「桐也さんこそ。ご無事で……本当に……よかった……」

これまで我慢してきた不安や恐怖が、一気に胸に溢《あふ》れ出《だ》して。菫はその大きな手に、思わず自らの手を重ねた。

「桐也さん」

「菫」

そして見つめ合い、互いの名を呼び合ったところで――。

「あのう……もしかして僕、また見せつけられてます？」

苦笑いする拓海の声が申し訳なさそうに割って入った。

「!?」

ここが公衆の面前であったことを思い出し、菫は慌てて体を離すが、すでに遅かった。

「いやぁ、やっぱり新婚さんはいいねえ」

「よっ！　おしどり夫婦！」

やの爺と健次がはやし立て、いつもは寡黙な三郎までも「ラブラブだな……」と、真面目な顔をして呟《つぶや》いている。

気づけば商店街中の面々が、にやにやとしながらこちらを見ていて、桐也と菫は真っ赤になりながら、お互いの顔をそらしたのだった。

最終章　甘い時間

かくして今回の騒動は幕を閉じ、獅月組《しづきぐみ》のシマも落ち着きを取り戻した。

ただひとつだけ。菫《すみれ》を襲った犯人についてはいまだ詳細がわからず、この件に関しては拓海《たくみ》が引き続き調査を続けるという。

この街の一大勢力である獅月組と、名門の犬飼一家《いぬかいいっか》が連合を組むことで、二つの組織は盤石の体制となった。

しかしこれを獅月組勢力拡大の動きと見て、警戒する組織も出てきているという。

そこにきて龍桜会《りゅうおうかい》の宣戦布告――。

長年均衡を保ってきたこの街に、再び大抗争の火種がくすぶり始めた。

獅月組は、そして若頭として組を取り仕切る桐也《とうや》は、いつまたそこに火がつくかわからない緊迫した状況の渦中にいる。

しかし今だけは、ようやく訪れた束《つか》の間《ま》の平穏な時間を、桐也と共に過ごしたいと、菫はそう思っていた。

「パウンドケーキが焼き上がりました」

ソファで新聞を読んでいる桐也に、声を掛ける。

「じゃあ、俺はコーヒーを淹《い》れる」

菫は「はい」と頷き、オーブンから焼き立てのパウンドケーキを取り出した。

今日は、久しぶりの休日。どこかへ出かけようかという話もしたのだが、家でゆっくりとふたりきりの時間を過ごそうということで、意見が一致したのだ。

菫はケーキを切り分け、桐也は淹れたてのコーヒーをカップに注ぐ。ふたりとも、黙々と作業をしていたが、その沈黙すらも心地よかった。

部屋中に甘い香りと、コーヒーの香ばしい香りが充満して、昼食を食べたばかりなのに、もうお腹《なか》がくうと鳴ってしまう。

ケーキの皿とカップを並べると、ふたりは向かい合って座り、手を合わせた。

「んっ……うまい」

ひとくち口にするなり、桐也が言う。

最近の桐也は、なんでも素直な言葉にしてくれて。その言葉を聞くたび、菫はくすぐったいような気持ちになった。

「よかったです！」

「入っているのは、オレンジか？」

フォークに差したケーキを見せて、桐也が訊いた。

「いえ、金柑《きんかん》です。お庭になっているのを、少しいただきました」

「金柑のスイーツか。珍しいな」

「はい。私も、拓海さんと行ったカフェではじめて食べて――」

――ガチャン。

フォークが落ちる音がして、菫は顔を上げた。

「桐也さん！　大丈夫ですか？」

「――いま、おまえなんて言った？」

「えっと、拓海さんと金柑のスイーツを食べたと……」

「拓海とカフェに行ったのか⁉　いつのことだ⁉」

思わぬ強い語気に圧《お》されて、菫はしどろもどろになって答える。

「え、えっと、商店街の本屋でお会いした日のことです」

「俺はそんな話、聞いていない！」

「す、すみません！　あ、あのときは、その、話すほどのことでは、ないと思ったので。

桐也さんもお疲れのようでしたし……」

「本当に、それだけか？」

「？　はい、そうですが」

そう言うと、何故《なぜ》か桐也のほうが気まずそうな顔をした。

「そうか……」

「あっ」

「なんだ⁉」

「本を一冊、プレゼントしていただきました」

「な、プレゼントだと⁉」

「何かまずかったでしょうか？　やはりお返しをしたほうが」

「いや、違う。いいんだ。それくらいのことは、別に──」

桐也はこめかみのあたりを押さえて、何やら小声でブツブツと言っている。

「……そのときあいつはすでに菫を口説くための準備に入っていたわけでそれはすなわち演技をしていたということ……いやでもぶっちゃけ演技でも腹立つ……」

「と、桐也さん……？」

内容までは聞こえてこなかったが、ただならぬ表情をしていて、心配になった。

「だい……じょうぶ、ですか？」

「…………」

桐也は答えない。それどころか真っ赤な顔をして、菫から目をそらしてしまった。

（桐也さん……もしかして……）

「あのっ」

菫は両手を広げた。

「こっ、こっちへ、来ませんか……？」

「なっ……」

桐也の顔が、もっと赤くなる。

（桐也さんにこんなことを言うなんて、怒られちゃうかな……）

照れくさい気持ちもあって、ぎゅっと目を閉じた。

しかし菫の体はすぐに、大きな温《ぬく》もりに包まれる。

目を開けると、ひざまずくようにした桐也に、ぎゅっと抱き締められていた。

「と、桐也さっ……」

自分で要求しておきながら、その状況にドキドキして、胸の高鳴りが止まらない。

桐也はまるで母に甘える子どものように、菫の胸に顔を埋《うず》め、しばらくそのままでいた。

（かわいい……）

そんなことを口にしたら、それこそ怒られてしまうだろうか。

菫は思わず、桐也の頭をそっと撫《な》でた。弄ぶように、やわらかな髪を梳《す》く。

すると、さすがに恥ずかしくなったというように、桐也が菫を見上げた。

「――夫婦は隠しごとなしだって、言ったよな？」

「えっ？　は、はい」

桐也が実は、甘いものが好きだということを隠していたとき、菫が言った言葉だ。

「だから、その……俺にはなんでも話して欲しい。例えば、さっきみたいな」

「さっき？」

「拓海に会って、カ、カフェに行ったとか、そういうことだ。でないと、その――心配を、するから……」

「心配……」

（やっぱり桐也さん……）

菫は思い切って、確かめてみることにした。

「はい、これからはそうします。それじゃあ私からも、訊《き》いていいですか？　もちろん隠しごとは、なしですよ！」

「あ、ああ……」

菫のきっぱりとした物言いに圧されて、桐也の顔に少し緊張が走る。

「もしかして桐也さん……やきもち、やいてますか？」

「ぐっ」

桐也は返事の代わりに、喉が詰まったような変な声を出した。

「もし、違ったならごめんなさい。でも、もしかしたらって、そう思って……」

「………」

「ち、違いましたか？　そうですよね。桐也さんが私に妬《や》くわけ――」

目を伏せると、菫の体に回された桐也の腕に再び力がこもった。

「――ああ、そうだよっ！」

「………！」

こんなことは、とてもまともに言えないというふうに、桐也はまた、菫の胸に顔を埋める。

（桐也さんが……私に……？）

自分から質問をしたことではあるが、まさか本当にそうだとは思わず、菫は驚いてしまう。

「……桐也さんでも、やきもち、やくんですか？」

「それは、私が拓海さんと仲良くお話ししたり、男の人と一緒にいたりすると、心がそわそわしたり、ちくちくしたりするって、そういうことですか？」

「……そうだ。つか、しっかり説明すんなよ、恥ずかしいだろ」

最後は消え入るような声で、桐也は言った。

（桐也さんが……やきもち……）

それは菫にとって、青天《せいてん》の霹靂《へきれき》だ。

誰もがひれ伏す圧倒的な強さを持ち、獅月組の若頭としてその将来を背負《しょ》って立つ、気高く美しいひと。

そんな桐也が、まさか自分にやきもちをやくだなんて――。

（嘘《うそ》、みたい……）

照れくさいやら、うれしいやら。

そして何よりも、子どものように小さくなって菫に抱き着いている桐也が、かわいくて、愛おしくて。

「ふ……」

思わず笑みを漏らしてしまった。しかし菫のその小さな声を、桐也は聞き逃さない。

「……当たり前だろ」

「──いま、笑ったな？」

「わ、笑ってません！」

「いや、笑った！」

「きゃっ」

突然に体がふわりと宙に浮き、菫は小さく叫ぶ。

桐也が菫を、抱き上げたのだ。

（お、お姫様抱っこ……！）

少女漫画でしか見たことのない、憧れのお姫様抱っこに、菫の顔はたちまち真っ赤になる。

「──お仕置きだ。離れていたぶんも、たっぷり可愛《かわい》がってやる」

「っ……」

あっという間の形勢逆転。

耳元でそんなことを言われた菫は──。

「だ、だめですっ！　まだ、ケーキが残ってますからっ」

そう叫ぶのが、精一杯だった。

富士見L文庫

意地悪《いじわる》な母《はは》と姉《あね》に売《う》られた私《わたし》。何故《なぜ》か若頭《わかがしら》に溺愛《できあい》されてます 2

美月《みつき》りん

2023年4月15日　初版発行

発行者　山下直久
発　行　株式会社 KADOKAWA
〒102-8177　東京都千代田区富士見2-13-3
電話　0570-002-301（ナビダイヤル）

印刷所　株式会社暁印刷
製本所　本間製本株式会社
装丁者　西村弘美

定価はカバーに表示してあります。　◇◇◇

●お問い合わせ
https://www.kadokawa.co.jp/（「お問い合わせ」へお進みください）
※内容によっては、お答えできない場合があります。
※サポートは日本国内のみとさせていただきます。
※ Japanese text only

ISBN 978-4-04-074807-8 C0193